PERICOLOSO

WOLF RANCH
LIBRO 10

RENEE ROSE

VANESSA VALE

Regola del branco #10 – Mantieni il controllo del tuo lupo interiore.

Vivo da solo in montagna per un motivo.
Sono pericoloso – troppo forte, troppo aggressivo, troppo vicino all'essere selvatico.
Ma poi arriva *lei* – con delle curve dolci, una voce seducente e un odore che fa impazzire il mio lupo. Un'umana bellissima, che versa da bere al Saloon di Cody e che nasconde dietro il proprio sorriso un passato frammentato.
Lo capisco nell'istante in cui sento il suo odore – lei è mia. La mia compagna. Quella per cui sono stato creato.
Il mio lupo mi sprona a rivendicarla. Lei, però, è appena sfuggita a un ex che cercava di controllarla e di zittire la sua musica, la sua voce, la sua stessa anima. I miei istinti da alfa sono tutto ciò di cui ha paura – io sono possessivo. Dominante. Sopraffacente. E lei ha il terrore di perdere di nuovo la propria libertà.
Io mi sono trattenuto per tutta la mia vita. Dal branco. Dal potere. Dalla pazzia che scorre nel mio sangue. Però non mi tratterrò da lei. Non quando è lei la mia ancora.
La proteggerò. La soddisferò. Riporterò al mondo la sua musica.

E se lei me lo permetterà, la farò mia – completamente. Anche se dovessi liberare ogni oscura e pericolosa parte di me per farlo.

1

BOONE

Un odore tra la folla attivò il mio lupo. Quel delizioso profumo di femmina aveva delle note di miele e pesche. Non avevo mai saputo che mi piacessero, fino ad allora.

Compagna.

Avevo sentito dire che avrei dovuto riconoscere l'istante in cui avrei sentito l'odore della mia compagna, ma era stato difficile immaginarsi come sarebbe stato. Quanto sarebbe stato fantastico. E frustrante. Non l'avevo mai provato in prima persona. Non me l'ero mai immaginato visto che avevo vissuto per così tanti anni in una grossa città. Ironico, dato che c'erano un sacco di persone in confronto a Cooper Valley.

Ora lo sapevo. Era come se qualcuno avesse premuto un pulsante e non c'era più modo di spegnerlo.

Il mio cervello mi diceva che non aveva senso. Nulla si frapponeva tra un mutante e la sua compagna, incluse la logica e la ragione. Lei era mia, ovunque lei fosse.

Il respiro mi riempì i polmoni in una grossa boccata e il sangue mi scese tutto nel cazzo.

Merda. Mi venne subito duro per via di un odore.

Per via di una compagna che non avevo mai visto. Grazie al cielo, ero sceso dalla montagna per lasciare un carico di legna per Cody al suo cottage, e quello stronzo mi aveva costretto a venire al bar per ricevere di persona il pagamento.

Dov'era?

Chi era?

Controllai la folla, un cacciatore in cerca della propria preda. Ero certo che i miei occhi avessero cambiato colore, affinando la vista come accadeva di solito quando il mio lupo predominava. Il mio naso si concentrò su quell'odore di miele, ma la folla del sabato stipata al Saloon di Cody rendeva davvero difficile distinguere da dove provenisse.

Dov'era?

Le femmine ondeggiavano al ritmo della musica

country, tutte agghindate nei loro abiti succinti che le mettevano in mostra, nonostante il tempo freddo e i cumuli di neve che c'erano fuori. Ancora più maschi si accalcavano attorno a loro, ballando vicini, nella speranza di ottenere qualcosa a fine serata. Molti di loro l'avrebbero fatto. Si sperava anch'io.

Non fosse che i loro obiettivi di fare sesso non significavano nulla per me e il mio lupo. Avrebbero fatto meglio a levarsi dai coglioni perché una di quelle femmine lì dentro apparteneva a me.

Mi spostai nella folla di corpi, cercando di rintracciare l'odore. La scossa che avevo provato quando l'avevo colto per la prima volta mi aveva quasi fatto mutare proprio lì da Cody, circondato da un gruppo di umani che avrebbero dato di matto, cazzo.

Io avevo trentott'anni. Cazzo, avevo rinunciato a trovare la mia compagna nell'istante in cui avevo lasciato il paese per andare al college. Già, io alla Columbia University. A sedici anni. Mi ero ormai sviluppato a quell'età e mi ero rifiutato anche solo di prendere in considerazione l'idea di lottare contro Rob Wolf per il ruolo di alfa quando suo padre era morto. Avevo quasi ucciso mio padre durante quella discussione ed ero scappato – con la coda tra le zampe – il più lontano possibile dai terreni del branco fino alla Grande Mela e al college.

Era stato più sicuro per tutti senza di me, mutante o umano, perché ero uno stronzo scontroso anche quando mi sentivo amichevole. Non fosse che, anni dopo, me n'ero andato anche da New York City tanto in fretta quanto ero scappato da Cooper Valley. Ero passato dal fare l'elegante gestore di fondi speculativi al taglialegna eremita perché pareva che, a prescindere da dove vivessi o cosa facessi, creavo solo problemi. Passavo le mie giornate nei boschi. Abbattevo alberi per lavoro. Non avevo gente che lavorasse con me per un motivo. Niente chiacchiere davanti al distributore dell'acqua. Diamine, ero arrugginito nelle interazioni sociali e quella visita in città lo rendeva palese. Non fosse che adesso ero ossessionato dall'idea di trovare l'unica persona con la quale avrei passato il resto della mia vita.

Lei.

Col ricordo del suo odore perennemente stampato in testa, ero quasi selvaggio. Sentivo i canini cominciare a scendermi, pronti a trovare e a mordere.

Se non l'avessi trovata e marchiata presto, avrei potuto perdere il controllo, e ciò sarebbe stato terribile. Starmene nel mio cottage non avrebbe tenuto più al sicuro me né chiunque altro. Sarei lentamente impazzito cedendo infine al delirio da luna piena.

Dovevo trovarla. Dovevo averla. Dovevo farla mia. Oppure avrebbero dovuto abbattermi.

Aggirai la pista da ballo lungo il perimetro, ma non riuscii a ritrovare quell'odore.

Non ero un ballerino. Diamine, non mi piacevano

nemmeno le persone, soprattutto non folle intere. 'Fanculo. Mi feci strada a gomitate fino al centro come un toro alla carica. Ero più alto di tutta la testa e le spalle di quasi chiunque in quel posto, compresi gli uomini con gli Stetson, e il vigore della mia necessità di trovare la mia femmina mi rendeva aggressivo. Come se avesse percepito il pericolo in cui si trovava, la folla si apriva e mi faceva largo.

In ogni caso, niente compagna.

Dove CAZZO era?

Lanciai un'occhiata agitata verso la porta. E se fosse stata in procinto di uscire e il suo odore stesse ancora aleggiando, ma lei fosse sparita? E se mi fossi *perso* la mia compagna, cazzo? E se lei fosse stata là fuori in quel momento, senza che io potessi mai ritrovarla?

Ringhiai, un verso profondo nel petto che la gente vicina sentì da sopra la musica.

Ripercorsi a spintoni la pista da ballo nella direzione opposta, senza curarmi di scontrarmi con la gente lungo il tragitto, attraversando la zona principale del bar in direzione della porta d'ingresso.

Cody colse la mia espressione arcigna mentre lo superavo dietro il bar e inarcò un sopracciglio interrogativo, ma io lo ignorai. Non avevo intenzione di creare problemi a lui o ai suoi clienti, se era ciò che stava pensando; almeno fintanto che si fossero tenuti alla larga da me.

Avevo solo bisogno della mia compagna. Subito.

Spalancai la porta e uscii sul marciapiede. Sarei riuscito a sentire meglio il suo odore lì fuori, con meno altre tracce a confondermi.

Sollevai il naso nell'aria fredda. Era buio, i lampioni conferivano a tutto un ulteriore bagliore biancastro, rendendo ancora più luminosi i cumuli di neve a bordo strada.

No. Non era stata lì di recente.

Aveva nevicato una ventina di centimetri la sera prima, ma il marciapiede era pulito e asciutto. Avrei dovuto avere freddo, ma... no. Ero una creatura a sangue caldo. Troppo caldo. Soprattutto in quel momento.

Tornai dentro dove lo spazio era affollato e all'improvviso ancora più soffocante. Controllai ancora una volta la grossa sala. Non era sulla pista da ballo. Né accanto al toro meccanico. Né al bar.

Se non si trovava in quella zona, allora... i bagni?

Aggirai di nuovo a passi pesanti i tavolini alti, scontrandomi con Rand, un lupo mio amico.

«Ehi, Boone. È davvero un piacere vederti. Sei sceso dalla montagna!» Mi diede una pacca sulla spalla e parve tanto compiaciuto quanto sorpreso. Non mi facevo vedere in città per altro che non fosse fare la spesa o altri appuntamenti necessari, che capitavano di rado. «A me e Natalie piace un sacco il letto nuovo.»

«Già,» borbottai io, superandolo per dirigermi verso i bagni e il magazzino.

Lui e la sua nuova moglie Natalie, un'umana, avevano voluto qualcosa di speciale, per cui io avevo trovato l'albero perfetto, l'avevo abbattuto e l'avevo dato a mio fratello, Roy, affinché compisse la sua magia da carpentiere e lo trasformasse nel loro letto. Io abbattevo. Lui costruiva. Tutti compravano.

«Okay, è stato un piacere parlare con te,» esclamò lui alle mie spalle con una risata. Ci conoscevamo da anni e, per fortuna, non si offendeva per la mia maleducazione. Sapevo di essere maleducato. Solo che non mi importava.

Una volta spiegato perché mi stavo comportando in maniera ancora più arcigna del solito, avrebbe capito.

Verso il fondo dell'edificio, il *suo* odore si fece più forte. Sì!

Qualcosa dentro di me si fece allo stesso tempo più rilassato e più agitato. Il mio cazzo si destò, il mio lupo prese a fare avanti e indietro, impaziente.

Compagna.

Mia.

Rivendicare.

Trassi un respiro profondo attraverso le narici per calmarmi, ma ottenni l'effetto opposto, visto che inalai un'altra dose del suo odore di miele. Cazzo, era fantastico.

Sto arrivando da te, compagna.

Quasi mutai di nuovo. Fui percorso da un fremito come un cane mentre cercavo di ottenere il controllo.

Qualunque umano mi avesse lanciato un'occhiata mi avrebbe preso per pazzo. I canini mi si stavano già allungando, come se il mio lupo avesse avuto intenzione di marchiarla nell'istante in cui fosse uscita dal bagno.

Probabilmente non sarebbe stata la mossa migliore. C'era chi lo faceva – avevo sentito dire di femmine che erano state marchiate nel bel mezzo dei giochi di accoppiamento, nell'istante in cui il loro compagno le trovava – ma io avrei dovuto cercare di mostrare un po' più di finezza.

Offrirle prima da bere.

Flirtare un po'.

Ah! Io. Finezza e flirtare non erano due mie qualità. Diamine, facevo schifo in entrambe le cose.

Io ero più il tipo di maschio mutante da "portarsela a casa, scoparsela per bene e affondare i denti nella sua dolce carne che sapeva di miele". O da pestare a sangue il proprio padre e lasciarlo in fin di vita. In ogni caso, non avevo idea di cosa cazzo stessi facendo, specie con una femmina, ero guidato solo dal mio lupo.

Cercai di esibire nonchalance, appoggiandomi con la schiena alla parete bianca accanto al bagno delle donne e fissando una foto storica incorniciata. Avevo aiutato Cody a installare i rivestimenti in legno quando aveva ristrutturato il saloon un paio di anni prima. Avevo abbattuto il pino e l'avevo tagliato io stesso nei boschi che circondavano il Wolf Ranch per creare i pannelli decorativi e le assi per il pavimento, trovando perfino del legno riciclato che facesse da elemento distintivo.

Sembrava appropriato che trovassi la mia compagna proprio lì, nel bar del mio compagno di branco, dopo aver vissuto a New York. Che casa mia fosse la sua.

Picchiettai con impazienza lo stivale di pelle sul pavimento. Non usciva. Quanto ci voleva alle donne in bagno, in ogni caso? Cosa c'era da fare lì dentro a parte pisciare e lavarsi le mani?

Un paio di donne erano entrate e uscite mentre io aspettavo, ma la mia compagna non si vedeva.

Fui percorso da una scossa di aggressività all'idea di perdermela ancora una volta. Prima che potessi riflettere o trattenermi, sollevai il braccio corpulento e battei forte alla porta per poi spalancarla ed entrare deciso.

«Ma che cazzo? Esci!» Una donna che si stava mettendo il rossetto allo specchio mi fulminò con lo sguardo, poi sgranò gli occhi quando si concesse un secondo in più per scrutarmi da capo a piedi. Ero grosso, davvero grosso, cazzo, e ciò le fece cambiare idea circa il darmi addosso. Odiavo il modo in cui mi guardava la gente. Come se fossi una bestia selvaggia. Come se avesse paura che potessi farle del male.

Non avrei mai fatto del male a lei né a nessuna

donna, ma lei non lo sapeva. Soprattutto quando ero a caccia della mia cazzo di compagna.

La ignorai perché di certo quella non era la mia compagna, diamine. Sollevai il naso e annusai.

Cazzo! Non era lì!

Girai sui tacchi e tornai a passi pensanti lungo il corridoio proprio mentre una piccola cameriera bionda usciva da dietro il bancone con un vassoio carico di bottiglie di Bud Lite e Mountain Man Scotch Ale. L'odore di birra mi investì per prima, poi colsi quello della sua dolcezza.

Era lei! Porca puttana, era perfetta, cazzo. Minuta. Tutti erano minuti in confronto a me. Probabilmente mi arrivava alle spalle e la sua vita era spessa come la mia coscia. Merda, era fragile. Delicata. I capelli seguivano la linea della mandibola e la fronte era nascosta da una frangia. Erano di un adorabile color miele che si abbinava al suo odore. E gli occhi azzurri contrastavano alla perfezione coi suoi capelli. La sua bocca era piccola, ma piena, e quando sorrise a un cliente... volevo che quel sorriso fosse indirizzato a me e a nessun altro.

In effetti, avrei voluto andare là e staccare la testa al tipo con cui stava chiacchierando. Dubitavo che lui le stesse chiedendo il numero mentre passava il bancomat sul POS per pagare.

Diamine, era meglio per lui di no. Non aveva

importanza. Quei sorrisi sarebbero presto stati tutti miei.

Mi leccai le labbra perché, con indosso la maglietta del bar e i jeans, non potevo non notare le sue curve. Proporzionate, ma non c'erano dubbi che sarei riuscito a stringere una tetta nel palmo. Sarei riuscito a passare da un'estremità all'altra della sua vita con le mie mani enormi. Avrei—

«Wow, ehi,» dissi quando fece per superarmi.

Corsi avanti, prendendole il vassoio con una mano mentre avvolgevo il braccio libero attorno alla sua vita e attiravo il suo corpo contro il mio. Già, minuta, cazzo. Ma morbida. Calda. Profumata.

Lei trasalì quando il suo culo soffice colpì le mie cosce dure. I miei canini si allungarono e ogni muscolo nel mio corpo tremò come una molla pronta a scattare. Abbassai il naso verso i suoi capelli setosi e inalai a fondo.

Il Paradiso, cazzo.

Non c'era alcun dubbio. Quella era la mia compagna. Ce l'avevo tra le braccia. Avrei potuto gettarmela in spalla. Portarla fuori da lì. Portarla al mio cottage, marchiarla e tenermela per sempre.

Mia. *Mia.* MIA.

«Ehi! *Lasciami!*» esclamò lei.

Mi ci volle un istante per rendermi conto che si stava dimenando per liberarsi e che il fatto che avesse alzato la voce non era un urlo dovuto a un orgasmo, ma al panico. Ovviamente era andata nel panico nel venire afferrata da un tipo grande, grosso e rozzo come me. Diamine, io avrei preso a pugni qualunque stronzo in quel posto che le avesse fatto lo stesso.

Cazzo. La lasciai andare subito. Mentre lei si girava di scatto verso di me, le colsi sia l'odore della rabbia che quello della paura addosso.

Fu allora che mi resi conto di un'altra caratteristica del suo odore. Qualcosa che avrei dovuto notare molto prima: era umana.

La mia compagna era umana.

Porca puttana.

Ciò la rendeva ancora più fragile. Ancora più delicata. Io ero enorme. Avrei potuto farle del male. Danneggiare la sua perfezione. Avrei dovuto fare attenzione. Trattenermi. Proteggerla.

Merda. Avevo appena assalito una femmina umana che non sapeva quale cazzo fosse il mio problema. Non mi avrebbe riconosciuto tramite l'odore come una lupa.

Non comprendeva la mia rivendicazione né il motivo per cui l'avessi afferrata.

Probabilmente pensava che fossi uno stronzo farabutto che si sentiva autorizzato a mettere le mani addosso alle cameriere.

Sbattei le palpebre, rendendomi conto che i miei occhi dovevano aver cambiato colore e mostravano il mio lupo.

«Scusa.» Tenni la mano libera sollevata davanti a me.

Il suo viso, che era sbiancato, a quel punto arrossì mentre il suo sguardo scorreva su e giù lungo il mio enorme corpo. Cogliendomi del tutto di sorpresa, lei non andò nel panico. Né scappò via urlando.

Grazie al cielo.

Rimase lì a rifarsi gli occhi e... le piaceva quel che vedeva? Cazzo, lo speravo. Non ero mai stato tanto insicuro di me stesso come in quel momento.

Lei piegò un fianco, fingendosi cazzuta, ma il suo dito tremava quando lo puntò verso il vassoio di birre che tenevo in mano. Energica. Lo adoravo. Poteva anche essere minuta, ma non era debole. «Ridammelo.»

La mia mente corse alla ricerca di una scusa. Qualcosa che spiegasse perché l'avessi appena afferrata e le avessi preso il vassoio. Era così ovvio, cazzo. Non avevo il minimo tatto. Avevo rovinato tutto sin dal primo istante in cui l'avevo trovata.

«Scusa, io, ah, pensavo fossi qualcun altro.» Cercai di non lasciar trapelare il ringhio nella mia voce perché era un'enorme bugia, cazzo. Avevo saputo, fin dal primo istante con assoluta certezza, che lei era la persona che avevo cercato per tutta la mia vita.

No... diamine! Quella era una cosa stupida da dire. A quel punto avrebbe pensato che fossi un rubacuori.

O che avessi una ragazza. O che scegliessi solo certe donne per aggredirle a quel modo.

Scossi la testa e mi ricordai di *flirtare e avere finezza*. Sospirai. «Non è quello che intendevo. È solo che, ah... onestamente?» Mi passai le dita tra i capelli tradendo il mio nervosismo. «Ti ho vista e dovevo averti.»

Ecco. Così andava meglio. Era perfino romantico. Alle femmine umane piaceva un sacco il romanticismo.

Lei piegò la testa all'indietro per incrociare il mio sguardo, visto che ero tanto più alto di lei, non perché lei fosse piccola, ma perché io ero enorme, cazzo. Aggrottò la fronte, assottigliò quei bellissimi occhi azzurri.

Okay, flirtare non sembrava funzionare.

Per il destino, volevo toccarla di nuovo. Avevo bisogno di portarla via da quel bar affollato e restare da solo con lei.

Le sue labbra a cuore si strinsero in una linea sottile. «Abituati alla delusione,» sbottò posandosi una mano sul fianco. Era anche insolente. Cazzo, sì. «Il vassoio?»

Il vassoio. Quale vassoio? Seguii il suo sguardo fino alla mia mano dove tenevo ancora in equilibrio il suo vassoio di bevande. Oh... cazzo! Be', se non altro non avevo rovesciato le bottiglie nella mia fretta di inalare il suo odore.

«Te lo porto io,» dissi sovrastando un'esultazione

della folla all'attacco di una canzone famosa. Mi chinai, così che riuscisse a sentirmi visto che non era una cazzo di mutante con delle orecchie da lupo e un udito eccezionale. «Dov'eri diretta?»

Quando lei si rese conto che dicevo sul serio, lanciò un'occhiata alle proprie spalle a Cody dietro il bancone.

Cazzo. Pensava di aver bisogno di aiuto. Di doversi allontanare da *me*.

Dal suo compagno.

Quanto ancora potevo incasinare le cose?

Mi arrovellai per trovare qualcosa da dire che sistemasse la cosa. Vedersela con la gente – mutanti o umani – non era la mia specialità. Io non ero un tipo socievole. Ero un tipo da alberi. Da natura. Da montagna.

Non avrei mai potuto essere un alfa del branco dei Wolf come mio cugino, Rob, a prescindere da quanto l'avesse desiderato mio padre. Vivevo in cima alla montagna sopra Cooper Valley e il resto del branco per un motivo. Lontano dalla gente e da situazioni imbarazzanti come quella. Serviva anche a tenere la gente al sicuro dalla mia avventatezza. Potevo essere pericoloso.

Feci del mio meglio per cercare di mostrarmi affascinante, cercai perfino di sorridere. «Ti darò il vassoio in cambio del tuo nome.»

Lei roteò gli occhi come se fosse stata la terza volta

quella sera che si sentiva dire qualcosa del genere. Per quanto non volessi dover dar prova di me con lei perché era mia, cazzo, mi piaceva sapere che non permettesse a nessun uomo di prenderla in giro.

Cody percorse il bancone venendo verso di noi. Poggiò le mani sulla dura superficie lucida e disse: «Grazie per aver portato fin qui quella legna. La mia riserva per la stufa sta calando. Io... che succede, Boone?»

Grazie al cielo, avevo trovato la mia compagna lì in un bar di proprietà di un amico mutante e membro del mio branco piuttosto che al supermercato dove avrebbe potuto tirarmi contro del cibo in scatola.

«Io...» Dovevo ammettere che mi serviva aiuto. Magari Cody avrebbe potuto darmi una mano.

«Lavori qui, adesso?» chiese quando io ebbi difficoltà a trovare le parole. «Se così non fosse, dalle il vassoio. Ho dei clienti assetati,» mi disse con un ghigno. Io ne fui felice perché avevo bisogno che qualcuno mi dicesse cosa fare, lì. Offrii il vassoio alla mia compagna, godendo del modo in cui le nostre dita si sfiorarono quando lei lo prese.

Mentre si girava per correre via tra la folla senza guardarsi nemmeno indietro una volta – il che fu terribile, cazzo, perché non ebbe alcun problema ad allontanarsi dal suo compagno – io mi preoccupai per lei. Non potevo proteggerla se non potevo vederla in mezzo a quello zoo. Cody, però, non avrebbe permesso a lei – né a nessun'altra donna – di lavorare lì se avesse pensato che potesse essere in qualche genere di pericolo.

Per cui mi concentrai su Cody invece che correrle dietro. Ci volle un certo sforzo per far funzionare a dovere la bocca mentre appoggiavo gli avambracci al bancone e ammettevo: «È... la mia...»

«Compagna,» concluse lui in tono piatto al posto mio. Si indicò un occhio, poi i miei. «Porca puttana, sì, si vede il tuo lupo.»

Ghignò e io lasciai cadere la testa tra le spalle, sbattei le palpebre un paio di volte e cercai senza successo di rimettere il mio lupo al guinzaglio. Sarebbe stato impossibile da lì in avanti. «Ho bisogno di lei,» annaspai quando tornai a sollevare lo sguardo.

Mi sentivo disperato, cazzo, da quando se n'era andata. Come se fossi sul punto di mutare e fare a pezzi quel posto se non l'avessi riavuta tra le mie braccia nel giro di dieci secondi. Avevo il battito del cuore accelerato, la pressione sanguigna probabilmente alle stelle. I pugni serrati. Il cazzo che pulsava. Il mio lupo che faceva avanti e indietro ululando frustrato.

Stavo dando di matto.

Cody scosse la testa. Allungò una mano sul bancone e me la posò saldamente sulla spalla. Strinse. Incrociò il mio sguardo con espressione seria. «Peccato, Boone, cazzo. Non puoi averla.»

2

———

SUMMER

Avevo le ginocchia molli mentre attraversavo la folla per consegnare le birre. Mi tremavano le mani e cercai di non rovesciarle e fare un disastro come se fosse il mio primo giorno di lavoro.

Caspita, quel tipo era immenso. Le sue mani erano grosse come guantoni da baseball e il suo braccio estremamente muscoloso mi era sembrato un cavo d'acciaio avvolto attorno a me. Sapeva di pino e aria di montagna e ringhiava come un orso. Di certo era grosso come uno di quegli animali.

Io non mi consideravo bella, ma i tipi ci provavano sempre con me, specialmente lavorando lì da Cody. Magari speravano di farsela con una che ritenevano facile... una cameriera. Quel tipo era diverso. Era di più. Non solo per quanto riguardava la sua stazza, ma la sua presenza e la sua energia erano più grosse. Ciò mi fece subito domandare se fosse più grosso *ovunque*.

Io ero in parte eccitata e in parte terrorizzata perché per quale diamine di motivo la mia mente stava finendo *lì*?

Per Diana, avevo i capezzoli duri che sfregavano contro il reggiseno, il che non aveva il minimo senso.

Non riuscivo a credere che mi avesse vista passare di lì e mi avesse afferrata come se fossi appartenuta a lui! Che *coraggio*. L'arroganza di quei maschi alfa.

Lui era proprio come Marty, che si comportava come le donne fossero una proprietà che si poteva acquisire. Un oggetto da collezione da non condividere con nessuno. Come aveva fatto con me. Mi aveva presa e mi aveva tenuta per sé. Un qualcosa da sistemare in alto su uno scaffale lontano dagli altri.

Ti ho vista e dovevo averti.

Non una gran battuta per rimorchiare, amico. Mi aveva anche subito suscitato pensieri su Marty perché anche lui mi aveva detto qualcosa di simile la prima volta che ci eravamo conosciuti tanti anni prima. Io ero stata sciocca all'epoca, bevendomela. Adesso ero più saggia.

Anche se, a difesa di questo tipo grande e grosso, probabilmente a lui non serviva usare quelle battute. Ci avrei scommesso che alla maggior parte delle donne bastasse guardare quel taglialegna sexy con la barba e finivano con lo sventolare le proprie mutandine in segno di resa. Prima di Marty, anch'io avrei potuto essere tentata perché qualunque donna con un po' di senno l'avrebbe trovato orgasmico.

Ora, però, sapevo quanto potesse essere geloso e possessivo un tipo del genere. Pensavano che gli appartenessi. Una proprietà. Avevano bisogno di controllarti. Di *possederti*. Erano scaltri nell'attirarti nella loro trappola e, una volta catturata, si assicuravano che perdessi tutti i tuoi amici e qualunque risorsa per opporti una volta che si fossero casomai mostrati violenti.

La manipolazione emotiva era la loro specialità. Oltre all'isolarmi e dividermi dagli affetti e dagli amici. Farmi dubitare di me stessa riguardo a tutto ciò che dicevo, a tutto ciò che facevo e, Dio, come in quel momento, a tutto ciò che pensavo.

Avevo fatto qualcosa di speciale per attirare la sua attenzione? Era colpa mia perché indossavo—

NO! Dovevo smetterla di pensare così. Io non avevo fatto nulla di male e lui mi aveva stretto un braccio attorno.

Mi corse un brivido lungo la schiena nell'immaginarmi un tipo della *sua* stazza che diventava violento. Non avrei potuto allontanarmene. Sarei morta, proprio come lo sarei stata se non fossi sfuggita a Marty quando l'avevo fatto.

Consegnai le bevande che avevo sul vassoio e presi delle nuove ordinazioni, tutte con un sorriso esitante stampato in volto, il cuore che mi batteva ancora all'impazzata nel petto.

Ero al sicuro lì. Cody, il proprietario, lo conosceva. L'aveva chiamato Boone.

E poi, c'erano Natalie e Rand quella sera. Li avevo individuati tra la folla e li avevo salutati sebbene fossero finiti in una zona servita da un'altra cameriera. Nemmeno loro avrebbero permesso che mi accadesse nulla. Sapevo che *Rand* non l'avrebbe permesso.

Trassi un respiro profondo. Lo lasciai andare. Poi un altro.

Ero al sicuro. Del tutto al sicuro. *Al sicuro.*

Marty non c'era. Quel tipo? Per quanto non fosse Marty, non lo conoscevo affatto.

Mentre tornavo al bancone, con il vassoio pieno di bottiglie e bicchieri vuoti che avevo trovato lungo il tragitto, non potei fare a meno di scandagliare il posto alla ricerca di quell'omone, Boone. Non perché fossi interessata. Non perché avessi paura.

Solo perché non riuscivo a smettere di pensare a lui, a come il suo grosso braccio si fosse avvolto caldo e forte attorno a me. Come la sua voce profonda mi avesse fatto bagnare le mutandine, già, era difficile ammettere che fossi attratta da lui e che il mio corpo avesse reagito così in fretta. Già solo quella era una sorpresa, perché avevo pensato che la mia libidine fosse stata annientata da Marty. Non avevo percepito un solo accenno di eccitazione da diverso tempo e adesso... così dal nulla per il signor Taglialegna?

Gli avevo detto di lasciarmi e lui l'aveva fatto. Subito. Si era perfino scusato.

Era diverso da Marty perché non aveva dato la colpa delle sue azioni al fatto che fossi vestita in maniera provocante e non fosse riuscito a trattenersi. Che il mio lucidalabbra fosse troppo acceso o che avessi dato l'impressione di flirtare con un cliente.

Ora che mi ero calmata, che avevo stabilito che quel tipo non era Marty – era piuttosto ovvio visto che Marty era almeno una quindicina di centimetri più basso e forse una cinquantina di chili più leggero – e mi ero ricordata che il mio ex si trovava in un fuso orario diverso, volevo vederlo meglio in faccia. Perché da ciò che mi ricordavo, valeva la pena dargli una seconda occhiata. Era davvero bello.

Eccolo. Il mio cuore accelerò i battiti quando controllai la sala e lo rividi. Se ne stava alla zona cocktail dove io andavo a svuotare il vassoio e passare le nuove ordinazioni a Cody. Nell'avvicinarmi, mi preparai mentalmente a un suo nuovo tentativo di "sedurmi" o qualunque cosa pensasse di fare, ma lui non disse nulla.

Rimase immobile – tipo, come una statua – e mi guardò. Io percepii il suo sguardo addosso, ma nient'altro.

Mentre sbrigavo le mie faccende, radunando tovagliolini e cannucce, fingendo di non aver notato di avere accanto un colosso bellissimo con la barba, mi sovvenne che forse quell'immobilità era il suo tentativo di rassicurarmi. Come il modo in cui ci si muoveva con cautela nel vedersela con un cavallo riottoso. Che invece di spaventarmi con la sua presenza, volesse silenziosamente che sapessi di essere al sicuro con lui.

Oppure stava cercando di attirarmi in un falso senso di sicurezza?

Sapevo anche cosa voleva dire quello. Abbassavi la guardia e poi—

«Summer!» Il mio capo mi fece cenno di avvicinarmi mentre le sue mani si muovevano rapidamente, a servire bevande ai clienti che ne avevano già bevute tre al bancone. La sua giovane moglie, Riley, era seduta davanti a lui con amiche della sua età e sembravano si stessero divertendo un mondo. Lei aveva qualche anno meno di me e non c'erano dubbi sul fatto che Cody fosse cotto. Per quanto si stesse occupando dei clienti, lo vedevo guardarla piuttosto spesso.

Le sorrisi mentre mi avvicinavo, e appoggiai il biglietto con le nuove ordinazioni sul bancone davanti a Cody, così che potesse prepararle subito dopo.

«Mi spiace se Boone ti ha spaventata,» disse mentre scuoteva lo shaker per poi versare un martini con ghiaccio in un bicchiere e guarnirlo con un'oliva su stuzzicadenti. Sebbene la maggior parte delle persone lì ordinasse birre e shot, alle volte venivano richiesti anche cocktail più eleganti. Sapevo per certo che lui non preparava nulla senza dei piccoli ombrellini da cocktail. Erano le regole del bar.

«Vive in cima alla montagna e le sue buone maniere devono essere un po' arrugginite.»

Lanciai un'occhiata a Boone. Nella marea di gente che salutava, parlava o rideva attorno a lui, lui sembrava immobile. Come se fosse stato lasciato fuori alle intemperie e si fosse tramutato in ghiaccio. Per quanto lui potesse essersi congelato, però, io mi stavo scaldando a guardarlo. Era decisamente attraente. In una parola? Vigoroso.

Aveva i capelli corti ai lati e più lunghi in cima, e la barba, per quanto folta, era altrettanto ben tenuta. Le sue spalle potevano occupare una soglia intera e la camicia di flanella si tendeva su tutti quei muscoli. Lo sapevo perché gli arrivavo al petto e stavo osservando uno dei bottoni. Indossava dei jeans consunti che lo avvolgevano in modi che Marty si sarebbe solo sognato.

«Voglio che tu sappia che Boone è un tipo assolutamente a posto,» aggiunse Cody, sporgendosi verso di me mentre mi posava quattro shot di tequila sul vassoio. «Garantisco per lui al cento per cento.» Sebbene fosse follemente indaffarato, chinò il mento e incrociò il mio sguardo. Lo sostenne. Non vi scorsi alcuna menzogna. Non mi aveva mai trattata male, non mi aveva mai mentito. Non mi aveva mai chiamata con nomignoli tipo *tesoro* o *dolcezza*. Non mi aveva mai dato ragione di non fidarmi di lui.

«Okay.»

Se lui diceva che Boone era sicuro, allora ciò significava che *Boone*, il gigante incombente, era sicuro. Qualcosa scattò dentro di me. Come se la diga di cemento robustissima che avevo eretto tra la parte di me che era stata attratta all'istante da Boone e la parte che diceva "non esiste" a un altro stronzo prepotente fosse appena crollata. Il calore mi si raccolse tra le gambe perché ero attratta da lui. Perché avevo ottenuto il via libera da Cody.

Non avevo idea del motivo per cui fossi attratta da un tipo così grosso e ringhioso che avrebbe potuto spezzarmi in due come un fuscello. Marty non era stato della sua stazza, affatto, e ciò significava che i miei istinti erano pessimi.

Eppure... Cody possedeva un bar. Vedeva un sacco di uomini provare in ogni maniera possibile a infilarsi tra le gambe delle ragazze. Lui non era una ragazzina mezza ubriaca che riteneva Boone sexy. Il suo giudizio non era offuscato dal desiderio. L'unico interesse che avevo mai visto nel suo sguardo era sempre stato diretto a Riley.

Lanciai un'altra occhiata di soppiatto al gigante.

Come sarebbe stato stare con un esemplare di uomo così virile? Era grosso come un albero. Avrei potuto *arrampicarmici* come su un albero.

Quel pensiero mi fece indurire ancora di più i capezzoli.

Erano passati anni dall'ultima volta che qualcuno mi aveva eccitata: avevo chiuso il capitolo sessuale della mia vita dopo tutte le stronzate che mi aveva fatto passare Marty. Qualcosa in Boone mi aveva risvegliata. Come quando si apre un rubinetto o si preme un interruttore. Mi stava facendo *provare qualcosa*.

Il mio desiderio era passato da spento ad acceso. Avevo le mutandine rovinate.

Anche quello sembrava pericoloso, però. Quella voglia istantanea faceva paura. Era così che era cominciata con Marty. Era sembrato affascinante. Sicuro di sé. Capace. Attraente in maniera elegante, da uomo per nulla pericoloso. Era un poliziotto! Avrei dovuto sentirmi più al sicuro che mai con lui. Lui mi aveva attirata mettendomi un anello al dito e, prima che me ne rendessi conto, il vero Marty era uscito allo scoperto e io ero rimasta intrappolata con un'intera squadra di polizia alle sue spalle.

Cody picchiettò le nocche sul bancone. «Se volessi qualcosa da lui—»

Il mio sguardo si sollevò di scatto sul suo alle sue parole.

«—ma fossi troppo nervosa dopo ciò che hai

passato, ti assicuro che lui seguirebbe qualunque regola tu gli imponessi.»

Qualunque regola io gli imponessi?

Un attimo... *se volessi qualcosa?*

Mi leccai le labbra. Cody stava suggerendo che mi facessi una sveltina o una storiella con Boone? Che sarebbe stato okay, che sarei stata al sicuro, che avrei... cosa? Stabilito delle regole riguardo a ciò che avremmo fatto e a come l'avremmo fatto?

Io volevo qualcosa? Potevo sentirmi di nuovo così? Potevo concedermi del sesso in maniera facile e divertente come avevo visto fare ad alcune donne già un sacco di volte quella sera? Desideravano un uomo? Se lo prendevano.

Dio, lo stava facendo davvero. Cody stava suggerendo che io *sfruttassi* quel tipo. Per del *sesso*, presumevo. Oppure, immaginai, avrei potuto sfruttarlo per spostare un carico di legna. Per sollevare un pianoforte. Per tirare su un'auto.

Sembrava in grado di fare qualunque cosa avessi potuto chiedergli a livello fisico.

Volevo fare sesso con quell'uomo grande e grosso?

Il suo braccio attorno alla mia vita era stato il mio primo contatto dopo Marty. Mio padre non era stato un tipo da abbracci. Marty nemmeno, ma lui mi aveva toccata. Oh, se l'aveva fatto.

Il tocco di Boone era stato possessivo, ed era stato quello a spaventarmi, ma mi era sembrato anche...

protettivo. Diverso. Come se quei grossi muscoli non sarebbero stati una minaccia, bensì una protezione.

Mi avrebbero tenuta al sicuro.

Mi leccai le labbra e lasciai vagare la mente. Avrei potuto permettere a un uomo come Boone di toccarmi? Lo volevo? Sentire i suoi palmi ricoperti di calli sulla pelle? La morbida sensazione del suo accenno di barba sull'interno coscia? Percepire lo spesso rigonfiamento del suo cazzo mentre premeva contro di me?

Mi agitai al solo pensiero di quelle idee perverse. All'improvviso, nel bar si soffocava. Avrei voluto uscire e buttarmi nella neve a disegnare degli angeli a terra per rinfrescarmi.

Io volevo Boone? Sollevai lo sguardo sull'uomo in questione. Sì. Sì, lo volevo.

L'allusione di Cody al fatto che avrei potuto dettare delle regole a quell'uomo chiaramente dominante significava che, per quanto fosse lui il più grosso dei due, avrei avuto io il comando.

Presi le bottiglie di birra che mi servivano e ne tolsi il tappo, mettendomele sul vassoio, per poi aggiungere lo shot di whisky, il vodka tonic e il whisky sour che Cody mi aveva preparato.

Avrei voluto prendere quel bicchierino e mandarlo giù io stessa. Avevo bisogno di un po' di coraggio liquido. Potevo farcela. Potevo essere una donna normale con delle necessità. Necessità che Boone avrebbe saputo soddisfare, senza dubbio.

Quando tornai fuori da dietro il bancone, mi fermai davanti al mio nuovo ammiratore, che mi aveva osservata avvicinarmi con i suoi occhi scuri molto intensi. Occhi che non avevano abbandonato i miei da quando ero arrivata al bar.

«Io mi chiamo Summer.» Gli puntai un dito dritto in faccia. Avevo intenzione di farlo. «Prima regola: non si tocca senza aver chiesto il permesso.»

3

BOONE

Diavolo, sì.

Mi aveva detto come si chiamava. Mi aveva dato una regola.

Come tutti i mutanti, avevo un udito notevolmente fine, ma il bar era affollato. E chiassoso. Cody doveva averle detto qualcosa che garantisse per me. Gli ero debitore. Però cazzo, il mio lupo si era quasi liberato e aveva ululato quando lui mi aveva detto che era sposata.

Sposata! Rivendicata da un altro umano tramite degli accordi legali che non significavano nulla per i mutanti.

Aveva detto che era sposata, ma che aveva chiesto il divorzio. Che non c'era una sola possibilità che sarebbe tornata da quell'uomo. Cody aveva detto che in realtà viveva a casa di Rand e Natalie vicino al Wolf Ranch. Dovevo ammettere che mi tranquillizzava sapere che fosse sotto quel tetto dove sarebbe stata protetta da un membro del branco.

«Summer.» Mi uscì in un grugnito, ma adoravo avere il suo nome in bocca. Cazzo, sembravo un grosso idiota invece di un tipo con un master in gestione d'impresa e una grossa carriera a Wall Street in saccoccia.

La mia compagna si chiamava Summer, come la stagione più gloriosa dell'anno in Montana, l'estate. Era un nome bellissimo come lei.

Allungai un palmo, ma lo tenni aperto sul bancone del bar piuttosto che porgerglielo in stile stretta di mano, cercando ancora di dimostrarle che fossi innocuo, una vera sfida per un tipo alto due metri e che pesava più di un quintale.

E attesi. Fintanto che lei fosse stata davanti a me, avrei potuto aspettare tutta la notte.

Lei scrutò la mia mano per un istante, poi poggiò il vassoio sul bancone. Non potei non notare la sua stretta di mano quando la mise nella mia. I suoi occhi erano di un azzurro grigio, come il cielo prima di una tempesta, e qualcosa nella sua statura esile e nel modo in cui teneva il petto in fuori mi dava da pensare che ne avesse passate tante.

Forse il divorzio era stato difficile per lei.

Cazzo, speravo che non avesse il cuore spezzato. Aveva amato quell'uomo? Che coglione, l'aveva sposato... ovvio che erano stati innamorati. Eppure lei mi scrutava con esitazione, ma anche con interesse. Lo sapevo. Il mio lupo lo sapeva. Riuscivo a sentirne *l'odore*. Quella dolcezza al miele era più forte, adesso.

Qualunque fosse il suo problema, avrei potuto lavoraci.

Dovevo farlo.

Lei era mia. Ne avevo bisogno per sopravvivere.

Merda. Io ero intelligente. Molto intelligente, cazzo, ma se non avessi capito come conquistarla così da potermela rivendicare, avrei ceduto il controllo al mio lupo. Lo stavo già tenendo a malapena al guinzaglio così ed erano passati pochi minuti.

Lì si trattava di più che sopravvivere, però. Il fatto che lei fosse la mia compagna non era solo un modo per impedirmi di soccombere al delirio da luna piena. Io la volevo. Col cuore *e* col cazzo. Avevo bisogno di vederla sorridere. Di vederla venire sulla mia erezione. Di stare al suo fianco ed eliminare qualunque cosa la tormentasse. Se aveva sofferto, non sarebbe accaduto ancora.

Il suo tocco delicato, palmo contro palmo, modificò l'aria attorno a noi come una notte calda prima di un temporale. Chiusi delicatamente le dita attorno alle sue. La sua mano sembrava piccola e delicata nella mia grossa e piena di calli. Morbida, calda. Non aveva le unghie lunghe o smaltate, ma ben limate e pulite.

Rammentai che era umana. Umana, cazzo! Ciò significava che era fragile come il vetro. Delicata. Se si fosse ferita, non sarebbe guarita all'istante.

Ciò fece venire voglia al mio lupo di digrignare i denti contro qualunque pericolo avesse dovuto affrontare. Percepivo più intensamente che mai il bisogno di tenerla al sicuro.

Mi schiarii la gola, come se avessi usato troppo la voce e mi fosse venuta roca. «Non ti toccherò più senza il tuo permesso,» promisi, sostenendo il suo sguardo per assicurarmi che sapesse che avevo sentito la sua regola e l'avrei seguita.

Lei scrutò il mio volto come a cercare di decidere se fossi sincero, tuttavia aveva messo la mano nella mia.

Un passo piccolo, ma era pur sempre un passo, cazzo.

Io rimasi immobile sotto il suo sguardo e lasciai che il bar affollato scomparisse. Non sentivo la musica metallica né le conversazioni attorno a noi. «Dimmi tutte le tue regole.»

Cazzo. Ero sembrato troppo burbero? Troppo autoritario? Tutto ciò che mi usciva dalla bocca sembrava un ringhio, come se fosse stato il mio lupo a parlare. Davvero non sapevo cosa significassero flirtare e finezza. Non ne avevo bisogno per stringere accordi con i clienti, tenere d'occhio il mercato azionario e scoprire i trend e gli schemi finanziari per trasformare i milioni dei miei clienti in altri milioni da un sacco di tempo, cazzo.

Però avrei fatto meglio a imparare in fretta.

Lei sbatté le palpebre. Mi fissò. Non pensavo che avesse stabilito ancora altre regole. Diamine, ci eravamo appena conosciuti. Forse avrei dovuto infrangerle prima, per far sì che scoprisse quali fossero.

A me stava bene.

Lei tornò a guardare la folla e sollevò la mano, prendendo il suo vassoio. Si stava già spostando quando pronunciò da sopra la propria spalla: «Aspetta qui.»

«Non vado da nessuna parte,» giurai. Non senza la mia compagna. Di certo non avrei mai abbandonato quel posto senza la mia compagna, diamine.

Mi sistemai su uno sgabello vuoto lì dov'ero, controllando i suoi movimenti nello specchio sopra il bancone. A un certo punto, Cody mi parò davanti un bicchiere di vetro con dell'acqua e ghiaccio. Venti minuti dopo, Summer tornò, svuotando in fretta il proprio vassoio di bicchieri e bottiglie usate.

Io la lasciai lavorare. Il mio lupo era impaziente, ma lo tenevo per la collottola. Non potevo semplicemente gettarmela in spalla e portarmela via nel bel mezzo del suo turno di lavoro. Non potevo portarmela via, punto, perché ero certo che quella fosse una delle sue regole. Doveva uscire da lì con me di sua spontanea volontà. E, mi ricordai, io avrei scelto di flirtare e mostrare finezza. O quantomeno un sorriso o qualcosa che non la spaventasse.

E poi, Cody avrebbe dato di matto se avessi fatto una cosa del genere.

Lei riempì di nuovo il vassoio con le bevande appena preparate da Cody, poi si fermò davanti a me. Seduto com'ero, eravamo faccia a faccia. «Regola numero due: devi accettare un no come risposta.»

Io sgranai gli occhi ed esitai. Il mio lupo diceva assolutamente di no. Non avrebbe mai smesso di provare ad averla.

Tuttavia, riuscivo a capire come ciò fosse importante per lei. Aveva paura che non avrei rispettato lei o il suo volere e ciò mi fece domandare chi in passato non le avesse dato retta.

Chi non si fosse fermato quando lei aveva detto di no.

Chinai la testa e mi sporsi un po', così che potesse sentirmi. «Prometto che accetterò un no come risposta.»

Anche se mi avesse ucciso.

E avrebbe *potuto* uccidermi, cazzo, se mi avesse detto di no allo stare insieme del tutto.

Cody accese e spense le luci per avvisare tutti che

eravamo in chiusura e l'energia nel saloon si fece ancora più frenetica mentre tutti correvano a bere un ultimo drink e trovarsi qualcuno con cui farsela quella sera. Io rimasi al mio posto a guardare la mia compagna nello specchio per tutto il tempo, in attesa.

Trenta minuti dopo, Cody spense la musica e accese le luci fluorescenti in alto a segnalare che il bar era chiuso e che era giunto il momento che tutti uscissero. I clienti assottigliarono lo sguardo di fronte a quel bagliore, correndo via da quella luce fastidiosa.

Io rimasi immobile in fondo al bancone fino a quando il locale non fu vuoto. Le orecchie mi fischiavano per l'improvviso silenzio. Cody non mi avrebbe cacciato via e io non avevo intenzione di andarmene senza la mia compagna. La sua se n'era andata appena prima dell'ultimo avviso; lo avevo visto accompagnarla fuori fino alla sua auto prima che di tornare per la chiusura. L'aveva fatto con un sorriso e sapevo che non erano solo alcuni dei suoi clienti che avrebbero avuto la fortuna di farsi una scopata quella notte.

Io speravo solo di riuscire a capire come convincere Summer che l'avrei resa la donna più fortunata di tutto il mondo se fosse venuta via con me.

Dopo che tutti a parte i dipendenti se ne furono andati, mi alzai dal mio posto e diedi una mano con le pulizie, aiutando Summer a portare via i bicchieri sporchi e buttare le bottiglie vuote nel bidone del vetro. Sollevai e trasportai il bidone pieno fuori sul retro, dimenticandomi di farlo sembrare pesante. Potevo permettermi di mostrare un po' più forza della maggior parte dei lupi per via della mia stazza. Quando tornai dentro, Summer aveva in mano un grosso scopettone e stava spazzando il pavimento.

Io glielo tolsi con delicatezza di mano, in attesa che incrociasse il mio sguardo. «Ci penso io, Summer.»

Avrei voluto toccarla. *Disperatamente.* Tuttavia, rimasi in attesa. Lei stava lavorando. Prima l'avessi aiutata a finire lì, prima avrei potuto chiederle se avrei potuto accompagnarla a casa.

Spazzai via in fretta tutta l'immondizia da terra e... diamine, ce n'era un sacco! Immaginavo che, con le luci basse, la gente non ci pensava due volte a buttare la roba per terra. Quando ebbi finito, trascinai fuori due sacchi della spazzatura pieni fino al bidone in fondo al parcheggio, uno per mano, e tornai a lavarmi le mani in bagno.

Quando uscii tornando nella zona principale del bar, con le mani umide, eccola lì.

Mi fermai a mezzo metro da lei. Abbassai lo sguardo su di lei. Attesi. Attesi. Inalai il suo dolce profumo. *Attesi, cazzo.*

«Okay,» disse lei.

Mi accigliai. «Okay?»

«Okay, ti do il permesso di toccarmi.»

Con un tocco delicato, io la sollevai sul bancone –

cazzo, se era leggera – così che fossimo faccia a faccia. Posandole le mani sulle ginocchia, gliele allargai e mi ci insinuai in mezzo.

Lei sgranò gli occhi per la sorpresa, non per paura.

Le presi il viso tra le mani, facendo scorrere i pollici callosi sulle sue guance setose. Poi mi sporsi e la baciai.

4

SUMMER

Wow. WOW.

Non ero mai stata baciata a quel modo. Con tanta venerazione quanta intensità. La bocca di Boone era morbida, ma il suo bacio fu possente. Trasalii e la sua lingua trovò la mia. Vi si intrecciò.

Con leccate piene, lui che mi piegava piano la testa dove mi voleva, le nostre bocche si accoppiarono. Dio, la sua lingua si spingeva nella mia bocca come mi immaginavo avrebbe fatto il suo cazzo nella mia fica.

Se sapeva baciarmi le labbra a quel modo, mi chiesi cosa sarebbe stato in grado di fare più in basso con la testa tra le mie cosce. Avevo sentito che ci si poteva ritrovare con delle abrasioni per via di una barba, ma avevo intenzione di scoprirlo di persona. La fica mi si contrasse all'idea.

Piantai i talloni nelle sue natiche e lo attirai più vicino. Percepivo il calore irradiarsi dal suo corpo. Inalai il suo odore. Di bosco, pini e sapone.

Le sue mani mi scivolarono lungo il collo, me lo strinsero, poi più in basso sulle spalle, quindi lungo le braccia, come a scoprirmi, mentre per tutto il tempo la sua bocca stava sulla mia.

La sorpresa iniziale era svanita e fu il desiderio ad assumere il comando. Le mie dita si intrecciarono nella sua morbida camicia di flanella e vi si aggrapparono, come per paura che sarei scivolata via se non mi fossi ancorata a lui. Paura che si sarebbe fermato. Il suo corpo era duro. Muscoloso. Robusto.

«Boone,» sussurrai quando lui mi baciò lungo la mandibola fino ad appena dietro l'orecchio. La sua barba era soffice contro la mia pelle.

Oh. Quel punto mi fece rabbrividire.

Piegai la testa, sollevando i fianchi dal bancone per sfregarmi contro di lui. Non ero mai stata tanto eccitata in vita mia. Non in tutti gli anni in cui ero stata sposata. Mai. E io e Boone avevamo ancora tutti i vestiti addosso e—

Qualcuno si schiarì la gola. Poi ancora.

Non ero io. Non era Boone.

Non eravamo soli. Oh mio Dio! Che imbarazzo!

Trasalii e Boone si ritrasse. Di un centimetro.

«Avete intenzione di fare sesso sul mio bancone?»

Cody.

Porca puttana, stavo pomiciando sul bancone del mio capo. *Sopra il bancone.*

Percepii il rombo nel petto di Boone sotto le nocche dove mi stavo *ancora* aggrappando a lui. Poi lui si ritrasse, ma ignorò Cody. I suoi occhi incrociarono i miei. Erano più chiari di quanto li ricordassi, ma non meno intensi. Aveva le guance rosse sotto la barba, le labbra bagnate.

«Vuoi che ti faccia venire qui o a casa tua?» mi chiese.

Oddio. Per quanto fosse una domanda, un orgasmo era una garanzia. Dovevo solo decidere dove l'avrei ottenuto. Significava anche che non gli importava degli standard sanitari del bancone del bar o che Cody ci guardasse. Ecco quanto mi desiderava.

Mi morsi un labbro, cercando di non ridere né morire di imbarazzo allo stesso tempo. «Casa mia.»

Cody, che sembrava in qualche modo aver sentito il mio sussurro, esclamò: «Divertitevi, voi due.»

Divertitevi. *Divertitevi.*

Fu tutto ciò cui riuscii a pensare mentre guidavo fino al mio piccolo appartamento sopra il garage della mia amica Natalie, Boone che mi seguiva. I fari della sua auto furono una costante per tutto il tragitto, così come lo furono il mio clitoride pulsante e i miei capezzoli che pizzicavano.

Il marito di Natalie, Rand, era un appaltatore e aveva progettato e costruito l'edificio annesso di modo che si abbinasse allo stile della casa ristrutturata. Da quanto mi aveva raccontato Natalie, la casa originale era bruciata in un incendio dopo che ci si era trasferita lei, appiccato da un tipo a cui non era piaciuta l'idea che gestisse un bed and breakfast, il che era stato il suo piano originario quando aveva ereditato quel posto. I due edifici erano collegati da un passaggio coperto a vetrate e abbastanza distanti l'uno dall'altro che non mi era sembrato di invadere la privacy dei neo sposini trasferendomi lì.

Al di sotto del mio appartamento, il garage era a quattro posti, ampio abbastanza per i loro veicoli personali e un vecchio furgone con una pala spazzaneve davanti per gestire la pulizia del lungo vialetto dalla neve costante del Montana. Avevano anche un quad e il rimorchio con gli attrezzi di Rand.

Casa mia era una grossa stanza con un bagno, un angolo cottura, un divano e un letto. Le finestre davano sul retro del ranch ricoperto di neve e mi facevano domandare se l'inverno sarebbe mai finito.

Sfuggendo al mio matrimonio, ero scappata lì per stare con la mia amica, lontana da Los Angeles, per ricominciare. Per scoprire chi fossi, cosa volessi.

Quella sera, ciò che volevo era Boone.

Lui rimase appena oltre la soglia del mio

appartamento, cappellino in mano. A guardarmi. In attesa.

Io mi slacciai il pesante cappotto invernale, ma la sua voce – e le sue parole – mi immobilizzarono le mani.

«Permettimi,» disse. Il tono era profondo e roco, come una frana di ciottoli.

Lasciai ricadere le mani lungo i fianchi e lui si chinò e mi calò la zip, spingendomi la giacca giù dalle spalle. La appese al gancio accanto alla porta.

Deglutii, chiedendomi se avessi alzato troppo il riscaldamento. Chiedendomi se riuscisse a sentire il battito del mio cuore.

Lui si calò su un ginocchio con un tonfo sordo e ci trovammo faccia a faccia, dopodiché si picchiettò la coscia.

«Metti qui il piede,» mi indicò.

Posandogli le mani sulle spalle per tenermi in equilibrio, feci come mi aveva chiesto. Senza interrompere il contatto visivo, lui mi tirò via la scarpa, dopodiché io abbassai il piede e gli offrii l'altro.

Lui si picchiettò ancora una volta la coscia e io piegai la testa di lato.

«Siediti.»

Mossi le labbra e mi sedetti, percependo i muscoli duri contrarsi sotto le mie cosce. Così caldo. Così grosso. Così—

Oddio.

Mi baciò di nuovo, ma a differenza del bacio al bar che era cominciato lento, questo fu eccitante fin dall'inizio. A bocca aperta, le lingue che si intrecciavano. Come se non avesse pensato ad altro per tutto il viaggio fino a lì.

Poi si alzò, trascinandomi con sé e portandomi dall'altra parte della stanza fino al mio letto.

Avrebbe potuto buttarmici sopra, ma non lo fece. Mi ci fece sdraiare sopra come se fossi stata fragile, poi si erse in tutta la sua imponente altezza.

«Chiedo il permesso di spogliarti e scoparti secondo le tue necessità.»

5

BOONE

La bocca di Summer si aprì e si chiuse per via delle mie parole. Arrossì anche di un'adorabile sfumatura di rosa, un rosa che mi immaginavo corrispondesse a quello dei suoi capezzoli e della sua fica.

L'avrei trattata con infinita cura, ma non ero un tipo romantico. Avevo l'acquolina in bocca all'odore della sua eccitazione che adesso riuscivo a sentire nell'aria. Dolce miele. Non appena avevo detto *scoparti secondo le tue necessità,* si era bagnata e senza dubbio aveva le mutandine rovinate.

Lei si sollevò sui gomiti. La sua maglietta del bar, i jeans e i calzini erano ben lungi da una lingerie sexy.

Cazzo, sarebbe stata meravigliosa con indosso del pizzo o della seta, senza dubbio, ma io la bramavo nuda. Così come il mio lupo. Alla mia compagna non serviva nulla per rendersi più attraente.

Dal cazzo mi colava già fuori liquido seminale e mi si contraevano le palle dalla voglia di affondarle dentro. Sarebbe stata stretta. Lo sapevo.

«Sì. Hai il permesso di fare entrambe le cose.»

Prendendole una caviglia, cominciai dalle sue calze.

«Boone,» disse lei. Io sollevai lo sguardo da ciò che stavo facendo e incrociai il suo. «Ho, uhm... è passato un po' di tempo.»

Pensava che sarebbe stato un problema?

Tirai via la calza e la lasciai cadere a terra. «Non preoccuparti, bellezza.»

«Prendo la pillola.»

La mia mano si fermò nello slacciarmi la cintura e la guardai.

«Significa che posso prenderti senza preservativo? Ho il permesso di venire a fondo dentro quella fica?»

Non avevo saputo che potesse arrossire di una sfumatura ancora più adorabile, ma lei lo fece.

«Sì.»

Cazzo, sì. Con ulteriore impazienza, mi slacciai i jeans, ci infilai una mano e mi tirai fuori l'erezione. Ne afferrai la base e la menai da cima a fondo, mentre lei mi guardava per tutto il tempo con occhi sgranati.

«Devo assicurarmi che tu sia bella pronta per questo.»

6

SUMMER

Oddio. *Oddio.*

Boone era davvero ben proporzionato. Il suo cazzo era impressionante. Mi si contrasse la fica e mi gocciolò di desiderio quando forse avrei dovuto aver paura che quell'affare ci stesse invece di spaccarmi in due.

Io avevo fatto sesso solo con Marty. Era alto circa un metro e ottanta e magro. Il suo cazzo piccolo, ora lo sapevo con certezza. In confronto a Boone, era stato come farsi scopare da un mignolo.

Boon mi avrebbe scopato secondo le mie necessità *con quello*? Era tipo una mazza da baseball. Una lattina di soda. Qualunque cosa di grosso ci si potesse immaginare per descriverlo.

Per fortuna, io ero molto, molto bagnata e molto, molto vogliosa. Anche curiosa di scoprire cosa mi fossi persa. E ottenerlo.

Lui se lo menò un'ultima volta, poi passò all'altra mia calza, lanciando via anche quella.

I miei jeans e le mie mutandine sparirono prima che potessi anche solo sbattere le palpebre e—

«Oh!» esclamai quando lui si mise di nuovo in ginocchio, questa volta sulla moquette morbida accanto al mio letto. Non perse tempo e si gettò le mie gambe in spalla e mi mise la bocca addosso.

Lì.

«Boone!» Inarcai la schiena. Cercai di allontanarlo coi talloni e lui sollevò subito la testa.

Non riuscivo a credere di stare per avere una conversazione con un uomo con la testa *in mezzo alle mie cosce.* Quei capelli scuri, quella barba, la bocca che luccicava, il *desiderio* che scorgevo nel suo sguardo.

«Dammi il permesso di divorartela,» ringhiò.

Quelle parole mi fecero bagnare ancora di più e lui trasse un respiro profondo, le narici che si allargavano. Fu paziente, in attesa della mia risposta.

«Sì, ma io non ho mai—» Mi morsi un labbro, non volendo ammettere che Marty non me l'aveva mai leccata. Aveva detto che non gli piaceva, che non gli piaceva il sapore di fica. Non volevo nemmeno ammettere che non mi avesse mai concesso un orgasmo. Me li ero concessi da sola in doccia quando lui non c'era.

Boone assottigliò lo sguardo. «Adesso sì.»

Poiché avevo acconsentito, si mise all'opera con rinnovata determinazione, come se avesse avuto intenzione di renderla la prima – e migliore – esperienza al mondo. Mi leccò dall'ano fino al clitoride, *porca puttana*!

Io mi impennai sul letto per via delle sensazioni suscitate dalla sua lingua. Una grossa mano si posò sul mio ventre e mi tenne ferma.

Poi si mise all'opera. E per opera, intendo che mi leccò il clitoride e mi insinuò un dito dentro. Poi fuori. Poi dentro. Poi—

Non avevo idea di cosa stesse facendo laggiù, ma mi fece venire a un ritmo di cui sarebbe dovuto andare fiero. Un attimo prima stavo artigliando i suoi capelli e inarcando la schiena, quello dopo urlai il suo nome e mi contrassi attorno al suo dito nell'orgasmo più potente e intenso della mia vita.

Ansimai e cercai di riprendere fiato, ma wow. Non ero mai venuta così forte prima né ero venuta con qualcosa dentro di me.

Non avevo intenzione di soffermarmi su quanto dovessero aver fatto schifo le cose con Marty se *così* era come doveva essere in realtà, e Boone non mi aveva nemmeno penetrato. Era perfino ancora vestito!

Io ero sazia, rilassata e mi sentivo così così bene che ne ero già dipendente.

«Un altro,» disse lui.

Io sollevai la testa. «Un altro?»

Aveva la barba ricoperta della mia eccitazione. Le guance rosse, la mandibola serrata. Era determinato.

«Un altro dito,» chiarì. «Un altro orgasmo.»

Quando si ritrasse, per poi infilarmi dentro due dita e arricciarle per sfregare un punto dentro di me magico e folle, io gettai la testa all'indietro e mi lasciai andare.

7

BOONE

MIELE. Cazzo. Sapeva di miele dolce e appiccicoso. E gocciolava per me. Era sulla mia barba, su tutta la mia mano. Sulla mia lingua.

Presto, mi avrebbe ricoperto anche il cazzo. Il piacere della mia compagna, però, aveva la precedenza sul mio. Dovevo imparare cosa la soddisfacesse.

Aveva cominciato a dire che nessun uomo le aveva mai divorato la fica prima? Ciò mi fece venire voglia di andare a trovare quello che presto sarebbe stato il suo ex e insegnargli una lezione o due su come si tratta una donna.

Si cominciava in ginocchio. Venerando il suo corpo. Consapevoli che fosse eccitata e vogliosa, sazia e pronta per il proprio cazzo. Dopodiché, solo allora, un uomo avrebbe dovuto anche solo prendere in considerazione sé stesso.

Solo dopo che lei ebbe goduto di nuovo mi sollevai per liberarla dalla maglietta e dal reggiseno. Rimase sdraiata tutta nuda, sudata, soddisfatta e perfetta mentre io mi spogliavo.

Trascinandola verso l'alto sul letto così che poggiasse la testa sul cuscino, io incombetti su di lei, le allargai le ginocchia e mi sistemai tra le sue cosce aperte.

Perfino con due orgasmi e l'essere stata allargata dalle mie dita, ero sicuro che la sua fica sarebbe stata strettissima, cazzo. Mi allineai alla sua apertura bagnata e incrociai il suo sguardo. Affondai lentamente dentro di lei.

«Cazzo, Summer. Così perfetta.»

Cazzo. *Cazzo*. Era fantastica. Calda, bagnata. I suoi muscoli si contraevano attorno alla mia punta. Non ero entrato più di così.

«Brava ragazza. Prendimi e ti darò ciò di cui hai bisogno.»

Piegando un ginocchio, lei sollevò una gamba così da portarla contro il mio fianco e io affondai ulteriormente.

Oh, merda, non ce l'avrei fatta. Sarei venuto solo a infilarle dentro la punta.

«Boone,» esalò lei, le sue mani che correvano alle

mie braccia, scivolando su e giù lungo i miei fianchi, accarezzandomi.

Era così piccola sotto di me che non potevo baciarla e scoparmela a quel modo senza spezzarmi la schiena.

Ci feci rotolare così che lei fosse sopra e quella mossa la fece calare del tutto su di me.

«BOONE!» esclamò ancora, i suoi muscoli interni che mi stritolavano nel tentativo di adattarsi.

Io le posai una mano sul ventre, percependo la punta del mio cazzo dentro di lei. Tirandomi su di scatto, la baciai e piegai le ginocchia, così che mi stesse seduta in braccio. Protetta e trafitta.

Con le mani sui suoi fianchi, la sollevai e la abbassai, aiutandola a scoparsi su di me mentre ci baciavamo. Le sue ginocchia toccavano a malapena il letto ai miei lati.

Lei si arrese presto al piacere, gli occhi che si chiudevano, la testa gettata all'indietro. I suoi capelli non erano lunghi, ma mi solleticavano le cosce nude.

Era bello. Perfetto. Non avevo mai provato nulla come la stretta calda e bagnata della sua fica. Il mio lupo era entusiasta del fatto che avessimo la nostra compagna proprio dove la volevamo. Già soddisfatta e che bramava dell'altro. Nuda e pronta per il mio marchio.

Non bastava, però, per cui ci feci rotolare di nuovo,

infilai una mano in mezzo a noi e le sfregai il clitoride, facendola venire ancora una volta.

Mentre lei urlava il mio nome, io la scopai con intensità, la testiera che sbatteva contro la parete.

«Mia. Mia. Cazzo, bellissima,» ringhiai. Il sudore mi colava dalla fronte. La mia mano strinse le lenzuola e ne strappò il cotone.

Un'altra spinta profonda e ci fu uno schianto, il letto che si rompeva inclinandosi di lato. Io non mi fermai – non potevo – il mio lupo era in superficie, e moriva dalla voglia di rivendicarla.

Lei mi aveva dato il permesso di scoparla senza preservativo, di riempirla del mio seme.

Ci volle tutta la mia forza di volontà per non marchiarla mentre mi spingevo dannatamente a fondo nella sua fica e venivo, riempiendola più e più volte, serrando la mascella per nascondere i canini che si erano allungati.

Summer trasalì e gemette di piacere, inarcandosi per accogliermi. Il suo canale stretto pulsava e si contraeva attorno a me. Aveva gli occhi chiusi, i capelli biondi sparsi come un'aureola attorno a lei.

Il mio lupo era incazzato per il fatto che non l'avessi marchiata, ma il resto di me si beava della fottuta gloria di esserle venuto dentro. Di aver soddisfatto la mia compagna. Di averla sotto di me. Di inalare il suo odore unito a quello della sua eccitazione e del mio seme.

Emisi un basso ringhio di approvazione. Avevo ancora il cazzo duro. Non si sarebbe sgonfiato tanto presto.

Lei spalancò gli occhi e sorrise.

Io sbattei in fretta le palpebre, rendendomi conto che il mio lupo era visibile.

Lei trasse un respiro. «Sei uno di loro, non è vero?»

8

SUMMER

L'ESPRESSIONE di Boone si fece scioccata e lui si immobilizzò come una statua.

I suoi occhi *avevano* cambiato colore come avevo pensato. Avrei giurato che fossero stati castani un attimo fa, lo stesso colore della sua barba, ma in quel preciso istante, mentre incombeva soddisfatto e grosso sopra di me, brillavano di una chiara sfumatura di verde. E quando dicevo che brillavano, intendevo che avevano lo stesso bagliore di quelli di un gatto o di un cane al buio. Come se fosse stato in grado di vedere nell'oscurità a differenza nostra.

Lentamente, Boone mi si tirò fuori e si sedette sui

talloni. Wow, ce l'aveva ancora enorme e duro, ora ricoperto della mia eccitazione. Una goccia di seme gli stava ancora colando dalla piccola fessura in cima.

Lui rimase immobile, come era già successo al bancone del bar, per non spaventarmi. I suoi occhi sostenevano i miei.

«Cosa intendi, piccola?» chiese con voce bassa.

All'improvviso desiderai di non aver detto nulla. Non volevo che mi mentisse al riguardo come aveva fatto Natalie. Aveva ferito i miei sentimenti quando l'aveva fatto lei. Rand era un lupo mannaro. Lo sapevo perché l'avevo visto durante la luna piena. Avevo guardato fuori dalla finestra dal mio appartamento sopra il garage e avevo scorto un enorme lupo correre fino alla loro porta sul retro per poi trasformarsi in un uomo nudo dalla testa ai piedi che era entrato dritto in casa. Non un uomo nudo qualunque, ma Rand. Non l'avevo mai visto nudo prima, né da allora, ma l'avevo riconosciuto.

Quella era stata una gran sorpresa, diamine.

Non avrei dovuto sapere cosa fosse, ovviamente. In effetti, Natalie mi aveva mentito spudoratamente quando glielo avevo chiesto la mattina successiva, per cui non avevo insistito. Era stato un segreto così importante che la mia cara amica, quella generosa abbastanza da farmi stare nel suo appartamento libero, aveva sentito di non potermi dire la verità. Dopo l'incidente senza veli, avevo cercato indizi che rivelassero che Rand era un lupo mannaro.

Una volta a conoscenza del segreto ci si accorgeva che ce n'erano molti.

Tanto per cominciare, il ranch che confinava con quello si chiamava Wolf Ranch. I fratelli che lo possedevano – Rob, Colton e Boyd – facevano Wolf di cognome. A ogni luna piena, almeno le poche in cui mi ero trovata lì, Natalie andava al Wolf Ranch a passare il tempo nella grossa casa con le altre donne. Avevo anche sentito ululati di lupi tra le montagne. Non solo Rand correva quando non c'era la luna piena, ma sembrava che corresse con *altri*. C'erano un sacco di mutanti da quelle parti.

Poi c'era la storia del colore degli occhi. Avevo visto quelli di Rand cambiare quando si eccitava per Natalie, specialmente se si era vicini alla luna piena. Una cosa era vederli flirtare o scambiarsi qualche dimostrazione d'affetto in cucina, lui che le palpava il culo o le sussurrava qualcosa che la faceva arrossire, ma gli occhi... Nessun uomo poteva fare ciò che faceva Rand. Poi mi ero resa conto che gli occhi di Cody facevano la stessa cosa quando sua moglie passava dal bar. Era come se non avessero avuto il controllo di sé stessi, e il desiderio per le loro donne era così possente che loro *cambiavano*.

Ora, Boone stava facendo la stessa cosa. Per me.

Non potevo nemmeno non notare come Cody e

Rand fossero forti. Lo stesso valeva per Boone – l'avevo guardato sollevare quell'enorme bidone pieno di bottiglie di vetro al bar come se fosse stato fatto di piume – ed era ancora più grosso di entrambi i suoi amici.

Per quel che mi riguardava, quei mutanti non erano pericolosi. Rand e Cody erano entrambi gentilissimi. Non avevo sentito parlare di cadaveri riscoperti dopo la luna piena né in alcun altro momento a Cooper Valley, sebbene quella fosse un po' un'esagerazione per me. Non erano vampiri o serial killer. Erano mutanti.

Natalie non sembrava aver paura per me e non sembrava temere suo marito né nessuno degli altri membri del Wolf Ranch che avevo conosciuto. Sapevo che non mi avrebbe invitata a trasferirmi lì da lei fino a quando non mi fossi rimessa in sesto se non fosse stato sicuro. In effetti, aveva promesso che Rand mi avrebbe protetta se Marty si fosse presentato e avesse cercato di trascinarmi di nuovo a Los Angeles.

Allungai una mano e accarezzai la barba folta di Boone. Era così morbida... ed era stata in mezzo alle mie cosce proprio come me l'ero immaginato.

«Sei un lupo mannaro?» La mia voce sembrava roca.

Lui mi sfregò il viso nell'incavo davanti alla mia spalla, lasciandovi un bacio. «Cosa ne sai dei lupi mannari?» La sua voce era profonda e gutturale.

Ahia. Non aveva risposto alla mia domanda. Non volevo che mi manipolasse al riguardo.

Marty mi aveva manipolata ogni giorno del nostro matrimonio, dicendomi cose tipo che il mio abito era troppo provocante per poi approfittarne subito quando me la prendevo. Come se fosse stata colpa mia se lui se la prendeva perché indossavo qualcosa che fosse del tutto inappropriato.

Non sarei più riuscita a reggere dei giochetti mentali del genere da parte di un uomo. Avrei preferito non avere mai più una relazione anziché sopportare un uomo che mi sminuiva a quel modo un istante di più. Mi ci erano voluti anni per rendermi conto di cosa mi avesse fatto, di quanto facilmente ci fossi cascata, perdendo la mia famiglia, i miei amici. La mia sicurezza di me.

L'avevo riconquistata, adesso, e non avevo intenzione di cederla ancora. Mai più.

Incrociai il suo sguardo con un accenno di sfida. «So che Natalie mi ha mentito quando le ho chiesto se Rand lo era.»

Piuttosto che chiudersi, la sua espressione si addolcì e si aprì. Le sue labbra si incurvarono leggermente agli angoli. Lui chinò la testa e... oddio, mi fece scorrere la lingua su un capezzolo eretto. «Questo perché non avresti dovuto saperlo, piccola. È un segreto. Ma va bene, adesso. Tu sei mia.»

Sua?

Mi irrigidii a quell'affermazione, sebbene il mio corpo sembrasse goderne e la mia figa si contrasse di riflesso. Era troppo possessivo. Troppo... ossessivo.

«Io non sono tua,» dissi subito e con determinazione.

La sua espressione si adombrò e lui si sistemò al mio fianco, appoggiandosi a un gomito per sostenersi la testa con la mano e facendo scorrere l'indice dell'altra sul mio capezzolo. Pigramente. Lentamente. Come se non avesse una sola preoccupazione al mondo. Come se non gli avessi appena chiesto se fosse un lupo mannaro. Come se *lui* non avesse fatto scattare un grosso campanello d'allarme con l'utilizzo di una sola parola: mia.

Guardai il suo grosso dito che si muoveva sulla mia pelle, ipnotizzata. Era così grande. Grande come il membro normale di un uomo. Sapevo che sensazione fosse avere quel dito dentro di me. In effetti, sapevo come fosse averne due dentro di me.

«So che il tuo divorzio non è ancora finalizzato,» disse lui scrollando leggermente le spalle ampie. «Me l'ha detto Cody. A me non importa delle leggi umane.»

Le leggi *umane*. Wow.

Fui percorsa da un leggero fremito. Era confermato. Non era umano. Quell'uomo gigantesco e possente era qualcosa di più. Qualcosa di più forte. Di più animalesco. Di molto più pericoloso di un uomo qualunque. Molto più pericoloso di Marty, probabilmente. E io ero a letto con lui. Un letto che si era rotto perché lui era stato tanto... vigoroso. Avevo la fica indolenzita, ma non mi aveva fatto del male.

Tuttavia, avrei dovuto aver paura dopo ciò che avevo passato col mio ex marito. Parte di me era all'improvviso un po' nervosa eppure, sorprendentemente, per la maggior parte ero eccitata.

Emozionata.

Felice che si fosse fidato abbastanza di me da ammetterlo. Non aveva nascosto cosa fosse. Non aveva cercato di aggirare la questione o di cambiare del tutto argomento. Non aveva cercato di distrarmi con un altro orgasmo, anche se il fatto che mi stesse stuzzicando un capezzolo mi stava eccitando di nuovo.

«Cos'è che non dovrei sapere?» Di nuovo, il mio tono fu un po' accusatorio. Lo sfidavo a dirmelo perché non aveva davvero pronunciato quelle parole.

Le sue labbra si incurvarono di nuovo e io mi ricordai che sensazione mi avessero dato premute contro le mie. E anche più in basso.

«Non siamo lupi mannari... almeno noi non ci chiamiamo così,» spiegò. «I lupi mannari sono i mostri del folklore. Noi siamo semplicemente un'altra specie: mutanti lupo.»

Il mio cuore prese a battere un po' più velocemente a quella spiegazione. *Noi.* Stava ammettendo che non era solo lui. Che c'era un branco intero, come avevo sospettato.

«Non prendertela con Natalie,» aggiunse. «Ci sono rigide regole del branco sul non svelare il nostro segreto agli umani.» Dunque Natalie non era una mutante. Non aveva mantenuto quell'*enorme* segreto con me per tutto il tempo in cui eravamo state amiche. Senza dubbio aveva saputo di loro una volta trasferitasi anche lei lì a Cooper Valley.

Boone avvolse la sua grossa mano callosa attorno al mio seno e strinse. «Come l'hai intuito?»

Io inarcai la schiena, premendo il mio piccolo seno contro il suo palmo. Okay, un po' ero distratta. «Ho visto Rand in forma di lupo per poi mutare e tornare umano con la luna piena.»

La sua mano mi accarezzò il fianco, scivolando sulla curva del mio bacino per poi infilarsi sotto il mio culo e stringere. Boone sollevò lo sguardo per incrociare il mio. Non c'era più la sfumatura verde. «Non hai paura?»

Io sostenni i suoi occhi ormai castani. «Dovrei? Di te? Di qualunque mutante lupo?»

Lui scosse la testa. «No, piccola. Nessun lupo ti farà mai del male. Specialmente non io.» Mi lasciò una scia di baci lungo le costole sotto il mio seno per poi risalire sull'altro fianco. Dio, la sua delicatezza mi eccitava perché non me l'aspettavo da lui. Uno che aveva appena sfondato il mio letto mi stava sfiorando la pelle con carezze quasi impercettibili.

«Grazie per non aver mentito al riguardo,» mormorai.

Era un sollievo. Come se fossi stata ammessa in una cerchia alla quale mi era stato vietato l'accesso fino a quel momento. Forse erano solamente tutti i miei problemi da ragazzina delle medie che riaffioravano, ma avevo odiato sentirmi tagliata fuori. A nessuno piaceva sentirsi come se tutti fossero a conoscenza di un segreto tranne te.

«Chiedimi qualunque cosa, piccola,» disse lui. «Voglio spiegarti tutto.»

Davvero? «Niente segreti?»

Non mi avrebbe fatta sentire pazza anche solo per averglielo chiesto?

No. Lui *voleva* che io sapessi.

«Niente segreti,» confermò.

«Quindi vi trasformate durante la luna piena? Siete... uhm, costretti a farlo? Siete pericolosi quando assumete la forma di un lupo?»

Gli occhi di Boone brillarono come se mi avesse trovata carina. «Possiamo mutare in qualunque momento, ma l'impulso è più forte con la luna piena. Non è un obbligo a farlo se un mutante ha il controllo del proprio lupo. Può essere un problema per gli adolescenti o per un mutante agitato dalla rabbia o dal desiderio. Un po' come il mio cazzo che mi viene duro. Può venirmi duro nel guardare una scena di sesso in un film o quando mi sveglio la mattina. Entrambe le cose le posso controllare, ma con te? Ce l'avrò sempre duro. *Quello* sarà difficile da tenere sotto controllo.» Ondeggiò i fianchi e io percepii la grossa e dura verità che si celava dietro le sue parole.

Alla parola *desiderio*, i suoi occhi erano di nuovo diventati verdi.

La luna era quasi piena quella sera?

Lanciai un'occhiata fuori dalla finestra. No. Una mezza luna.

«È per questo che mi hai afferrata stasera?» azzardai, la mia insicurezza che si faceva di nuovo strada dandomi a pensare che mi avesse scelta per... levarsi uno sfizio inevitabile con o vicino alla luna piena, come quell'erezione mattutina.

Il suo sguardo mi accarezzò il viso come nel tentativo di memorizzarlo. Ogni centimetro di me. «Sì. Ho colto il tuo odore in quella folla e ho capito subito che eri mia.»

Eccola di nuovo quell'asserzione. *Mia.*

Stava cominciando a darmi sui nervi. A farmi un po' preoccupare, come se avessi fatto una pessima scelta e mi fossi cacciata in una brutta situazione.

«Mi spiace se ti ho spaventata,» mi disse lui. «Afferrandoti a quel modo. È solo che ho perso il controllo per un istante finché non mi sono reso conto che tu non eri una lupa e non avevi idea di cosa stessi facendo. A volte non conosco la mia forza. A volte... Lascia stare.»

Razionalmente, sapevo che ciò che stava dicendo non avrebbe dovuto offendermi, ma anni di sminuimento da parte di Marty mi facevano sentire all'improvviso inadeguata.

Io non ero una lupa. Io non sapevo cosa stesse succedendo.

Probabilmente lui voleva una lupa. Voleva qualcuno che lo capisse. A cui non desse fastidio venire afferrata e maneggiata da un gigante. Quale uomo avrebbe voluto il mio genere di insicurezze?

«Strano, vero?» dissimulai, cercando di rotolare via e scendere dal letto.

«Aspetta.» Boone avvolse quel braccio grosso come un tronco attorno alla mia vita e tornò ad attirarmi a sé, proprio come aveva fatto al bar. Ora, però, eravamo nudi. Ora, eravamo soli.

Mi irrigidii. Alcuni campanelli d'allarme cominciavano a suonare.

Primo: quella cosa che continuava a ripetere riguardo al fatto che gli appartenessi.

Quello era sbagliato. Sbagliatissimo.

Marty mi aveva trattata come una proprietà che poteva controllare, era quello che voleva anche Boone?

Non mi importava quanto ci sapesse fare il suo uccello, non sarei tornata a cacciarmi in una situazione del genere, mai più.

Secondo: mi sentivo offesa dal commento sulla lupa, come se fosse stato impossibile per me anche solo essere all'altezza di ciò che voleva veramente. Avrei potuto tingermi i capelli, farmeli crescere, indossare lenti a contatto colorate, ma di certo non potevo trasformarmi in un diamine di lupo.

E terzo: se avessi cercato di divincolarmi dalla presa di Boone in quel momento, non ci sarei riuscita. Era grosso e forte. Sarebbe stato fisicamente impossibile. Io non ero abbastanza in forma e sapevo quanto lui fosse potente. Non erano solo le parole ciò da cui dovevo proteggermi, ormai, ma anche qualcosa di fisico.

Ero stata trattata male da un marito geloso e possessivo per così tanto tempo che qualunque cosa avesse avuto anche solo il sentore di possessività mi faceva impazzire.

«Cos'è appena successo, Summer?» La voce di Boone fu un rombo profondo. Mi teneva in trappola, ma sembrava più un abbraccio da dietro.

Parte di me lo adorava perché una donna *normale*, non rovinata, avrebbe bramato avere un uomo/mutante come Boone a stringerla.

Un'altra parte stava dando di matto: la parte che mi teneva al sicuro di quei tempi.

«Ti ho offesa, piccola?» domandò. «Che cosa ho detto? Merda, sono un idiota.»

No, ero io l'idiota. Ovvio che lui non aveva avuto intenzione di ferire i miei sentimenti.

«Lasciami,» mormorai per metterlo alla prova.

Quanto a lungo quel bestione sarebbe sottostato alle mie regole? Era finita ora che mi aveva scopata?

I muscoli del suo braccio si rilassarono, sebbene non me lo spostò di dosso. «Non voglio.» Sentii un rimpianto nella sua voce. «Mai.»

«Mi... mi stai spaventando,» ammisi.

Lui mi lasciò subito andare e si mise a sedere sul letto, probabilmente sentendo le mie parole fremere assieme al mio corpo. «Merda. Scusami, Summer.»

Io rotolai sul bordo del letto ormai storto e cercai di cambiare argomento. Scrutai i danni. «Hai sfondato il letto.»

«*Abbiamo*. Abbiamo sfondato il letto.» Ghignò. «Te ne costruirò uno nuovo. Uno più robusto.»

Mi avrebbe costruito un letto? Sul serio. «Sei un falegname?»

Lui annuì. «Il vero falegname è mio fratello Roy. Io sono un taglialegna, più che altro. Abbatto gli alberi. Ho un'impresa tutta mia. L'altro mio fratello, Ace, ha una piantagione di alberi di Natale in montagna. Non preoccuparti, costruiremo qualcosa di più robusto e lo sostituiremo.»

Taglialegna. Ovvio che era un taglialegna. Lo sembrava. Si comportava come tale a giudicare da come sembrava quasi... selvatico, più felice nella natura che tra le persone. C'era qualcosa in lui, però, una consapevolezza che dava a intendere che fosse molto più intelligente di un semplice montagnolo. Era silenzioso. Osservava. Studiava. Conservava le parole per quando era importante parlare.

Mi scrutò mentre io me ne stavo lontano da lui, portandomi le braccia attorno alla vita. Il suo seme stava cominciando a colarmi lungo le cosce, un promemoria di ciò che avevamo fatto. Quello avrei potuto lavarlo via sotto la doccia, ma lui l'avrei percepito, con la fica indolenzita, per giorni.

«Chi ti ha fatto del male, Summer?»

Quella domanda mi tolse il fiato. Barcollai mettendomi in piedi, colta dalle vertigini per essermi alzata troppo in fretta. O forse per via della schiettezza di quella domanda. Come avesse centrato il motivo per cui stavo dando di matto.

Anche Boone si alzò. Lentamente. Con cautela. Avanzò a passo lento verso di me. «Chi?» ripeté.

Io deglutii con forza, leccandomi le labbra. «Mio marito. Non sono una traditrice, col fatto che siamo stati insieme. Lui lo è. Noi... siamo separati, e non appena lui avrà firmato le carte... se lo farà, allora, a quel punto sarò single.» Le parole mi uscirono una dietro l'altra.

Lui strinse i pugni una volta, poi li riaprì. Li rilassò. «Lo so, piccola. Non ho pensato nulla del genere sul tuo conto. Nemmeno una volta.» Piegò la testa, allungò una mano e prese una delle mie con delicatezza.

Inarcò le sopracciglia. «È stato lui a ferirti?»

Mi si riempirono gli occhi di lacrime e lui seppe la risposta senza che io dicessi nulla.

Non stavo piangendo per via di ciò che era successo con Marty. Quello era acqua passata. Me n'ero andata e non sarei tornata mai più. Tuttavia, mi vergognavo. Di ciò che mi aveva fatto lo stare con lui tanto a lungo. Non volevo essere mai più quella persona. Non volevo che Boone mi vedesse a quel modo. Io non mi identificavo con una donna in grado di cacciarsi in una situazione di violenza domestica.

Eppure lo ero. Lui lo capiva.

Avrei voluto essere la giovane e intrepida cantante country che aveva vinto con la miglior canzone alla fiera nazionale sei anni prima. Quella che aveva avuto ancora tutta la propria vita davanti a sé. Non una versione senza futuro di quella giovane donna, sposata con un poliziotto possessivo che si era fatto violento alla fine. Non la sciocca che aveva permesso a suo marito di convincerla a mollare il proprio lavoro nell'inseguire il sogno di fare della musica la propria carriera senza rendersi conto che le stava pian piano segando le gambe. Isolandola dai suoi amici. Rendendola debole e dipendente, così che fosse più difficile andarsene.

Eppure lo ero.

Boone si sporse lentamente, molto lentamente, quasi cercasse di evitare di spaventare un cavallo riottoso, e mi strinse tra le braccia. «Tranquilla,» sussurrò. «Così. Brava la mia ragazza.»

Quella volta, quando percepii conforto nella sua presa invece che paura, non mi dispiacque. Adoravo quel grosso abbraccio da orso che mi tirava dritta su da terra.

«Lo ammazzerò,» ringhiò Boone, passando da delicato a feroce. Non nei miei confronti, ma nei miei riguardi. «Dimmi come si chiama.»

9

BOONE

IL MIO LUPO RINGHIAVA, pronto a sventrare il suo ex. Avevo bisogno di ucciderlo. Summer aveva paura di me. Di me! Dopo ciò che avevamo fatto, come si fosse fidata di me col suo corpo in maniera così bella, e ora si stava ritirando, con quei timori radicati dentro di lei causati da un altro uomo? Era palese che qualcuno le avesse fatto del male.

Certo, io ero grosso da morire, ma avevo imparato tempo prima che dovevo fare attenzione. Che la mia stazza avrebbe potuto essere usata come un'arma. Mio padre aveva voluto che sfidassi Rob Wolf per il posto di alfa dopo che i suoi genitori erano stati uccisi in quel terribile incidente d'auto. Io e lui vi avevamo litigato per più di un mese. Con le parole, poi coi pugni e poi in una vera e propria rissa. Io avevo vinto, ma il prezzo era stato una famiglia rovinata. Avevo disobbedito e poi avevo quasi ucciso mio padre.

Per via di quell'aggressività, di quel livello di distruzione, ero fuggito dalla montagna e mi ero diretto al college, l'unica opzione che avevo conosciuto all'epoca. Avevo sedici anni, troppo intelligente per restare al liceo. Troppo intelligente per non accettare una borsa di studio completa per diversi college della Ivy League.

Avevo avuto intenzione di rifiutare le loro offerte, di restare a Cooper Valley e avviare un'impresa coi miei fratelli. Invece, avevo fatto i bagagli e me n'ero andato verso la costa orientale. Più lontano fossi stato dal branco, più al sicuro sarebbero stati loro da un mostro come me che pestava il proprio padre.

Conoscevo la mia forza e adesso sapevo quando usarla. Per Summer, sarebbe stato per far fuori il suo ex.

Nessuno faceva del male alla mia compagna e viveva per raccontarlo. Non conoscevo la portata di ciò che aveva fatto, ma bastava che lei avesse paura di me per colpa sua. Aveva il mio seme che le colava lungo le cosce. Lo vedevo. Ne sentivo l'odore. Eppure, lei era ancora scossa dai fremiti e non per via degli orgasmi.

«*No*.» C'era una fermezza nella voce di Summer e cercò di allontanarsi da me.

Io imprecai tra me. Mi aveva fatto promettere di accettare i suoi *no*. Una regola che sarebbe stato molto difficile rispettare perché io volevo sangue.

Lo stesso valeva per il mio lupo. Era compito nostro proteggerla e spazzarlo via dalla faccia della terra se ciò le avesse concesso la serenità di voltare pagina, certa che nessuno l'avrebbe toccata né avrebbe vomitato stronzate che l'avrebbero fatta sentire tutto meno che perfetta.

Lei non conosceva la giustizia dei mutanti.

La liberai con riluttanza, passandomi una mano sulla barba e leccandomi le labbra, sentendo il suo dolce sapore. «No, non hai intenzione di dirmi come si chiama, o no, non posso ucciderlo?» Cercai una scappatoia dalla regola.

Lei aggrottò la fronte confusa, probabilmente perché nessuno aveva mai detto che avrebbe ammazzato qualcuno per lei. «No. Entrambe.»

Cazzo. Be', avrei decisamente indagato su quel tipo e memorizzato la sua faccia, così che l'avrei riconosciuto se si fosse mai presentato a Cooper Valley. Lei aveva solo detto che non potevo ammazzare quello stronzo. Ciò non significava che non l'avrei tenuto alla larga da lei.

Lo sceriffo del posto, Levi, era un mutante lupo. Il suo lavoro si occupava della legge umana, ma lui seguiva anche la giustizia del branco e dei mutanti. Se io non potevo uccidere il suo ex, allora avrei potuto chiedere il suo aiuto.

Tuttavia, stavo facendo lo stronzo. Prendermi cura della mia compagna ora aveva la precedenza su qualunque necessità di vendetta. A malapena. Sollevai le mani, ma attesi che il suo sguardo esitante incrociasse il mio. «Okay. Fai tu le regole, piccola. Io le seguo. Sei al sicuro con me. Continuerò a dirtelo fino a quando non ci crederai.»

Per sfogare la mia aggressività repressa, tirai su il letto e ne strappai via le tre gambe rimaste, così che sarebbe stato in piano per quella notte. Adesso era più basso di una quindicina di centimetri, ma non saremmo rotolati a terra.

Summer mi fissava a occhi sgranati. L'avevo fatto con una tale facilità come se avessi spezzato dei rametti.

Be', cazzo. Forse non aveva aiutato a farla sentire più al sicuro con me.

Spostai lo sguardo dal letto a lei. «Vuoi andare a casa mia?» le offrii, un po' imbarazzato. «Su in montagna?»

Lei scosse la testa.

Io indicai il letto. «Scusa, ti ha spaventata anche quello?»

Lei strinse le labbra. «Uhm... un po'. Sì. Sei forte.»

«Dannazione.» Mi sfregai la fronte. «Sono davvero

una frana.» Come diavolo facevo a riportarla a letto tra le mie braccia? «Mi dai il permesso di prenderti in braccio e riportarti su quel letto, così da poterti leccare di nuovo la fica?»

Un piccolo sorriso le tese gli angoli della bocca e la tensione nelle sue spalle si rilassò. «Ti piace davvero farlo, eh?»

«Cazzo, sì, e sarò felice di dimostrartelo.» Ghignai e lei non poté non notare come mi fosse venuto ancora più duro.

«Okay.» La sua voce era bassa, ma lei era arrossita. Già, le era piaciuto ciò che avevamo fatto e ne voleva ancora.

Avrei passato il resto della serata con la mia testa tra le sue cosce se ciò l'avesse resa felice.

In un attimo, le fui addosso, prendendola in braccio e sistemandomela a cavalcioni in vita. Il suo odore di miele mi si insinuò nelle narici, placando il mio lupo inquieto. Percepii i nostri fluidi mischiati che le coprivano la fica e le cosce spalmarsi sui miei addominali.

Marchiala, insistette il mio lupo.

Non stanotte. Lo trattenni mentre la riportavo al letto ora abbassato e ce la facevo sdraiare con cautela al centro.

La feci rotolare di lato e sistemai in modo protettivo il mio corpo più grosso attorno al suo. «Sei al sicuro,

Summer,» le mormorai all'orecchio per poi mordicchiarglielo.

Il suo odore mi dava le vertigini dal desiderio, ma io tenni il mio lupo al guinzaglio.

Lasciandole una scia di baci lungo la nuca, dissi: «Vorrò uccidere chiunque ti faccia del male, ma tu sarai sempre al sicuro con me. E io rispetterò sempre i tuoi no. Okay?»

Pensai di aver colto l'odore delle sue lacrime e ciò mi lacerò il petto.

«Okay,» sussurrò lei.

Io chiusi gli occhi e intimai al mio lupo di tacere. La mia compagna era tra le mie braccia. Non era pronta a farsi marchiare da me, ma voleva che le leccassi la fica. Fu così facile sollevarla e sistemarmela sopra la testa, le ginocchia attorno alle mie orecchie.

«Boone?»

Abbassò lo sguardo su di me, un po' confusa.

Io ghignai, inalando il suo dolce profumo dritto dalla fonte. «Hai detto okay a farti leccare la fica. Ora ti siederai sulla mia faccia e me lo lascerai fare.»

Lei sgranò gli occhi e si dimenò, poi annuì.

«Brava la mia ragazza.»

Le agganciai le cosce e la attirai in basso sulla mia bocca. Mi misi all'opera. Era quello il mio compito, adesso, soddisfare la mia donna. Il suono delle sue grida di piacere mi rieccheggiò nelle orecchie mentre la facevo venire ancora e ancora, fino a quando non sarebbe stata minimamente spaventata da me. Finché non avesse saputo che tutto ciò che le avrei mai provocato io sarebbe stato piacere.

L'indomani, le avrei fatto rinunciare al suo lavoro da Cody e l'avrei fatta venire a vivere con me in montagna. L'indomani, le avrei spiegato cosa volesse dire essere la mia compagna.

10

SUMMER

La mattina seguente, ci trovavamo nella cucina di Rand e Natalie. Per quanto io avessi il mio piccolo angolo cottura nel mio appartamento, la mia routine era prendere il caffè assieme a loro la mattina.

Erano passati due anni da quando si erano messi insieme e avevano trascorso la maggior parte di quel tempo a ricostruire la fattoria e renderla proprio come volevano. A quanto mi aveva detto Natalie, aveva ereditato tutto il ranch da uno zio che non l'aveva ristrutturato dagli anni Settanta. Aveva conosciuto Rand quando l'aveva assunto per l'ammodernamento, ma poi tutta la struttura aveva preso accidentalmente fuoco e Rand aveva dovuto ricostruirla da zero. Con la ricostruzione, avevano mantenuto l'atmosfera della vecchia fattoria, ma avevano elettrodomestici moderni, banconi bianchi brillanti e pavimenti in legno lucido. Gli armadietti erano un mix di bianco e grigio, ad accentuare il nucleo della fattoria.

Avevano anche una macchinetta del caffè molto moderna ed elaborata. Io ero sulla panchina che dava sul cortile coperto di neve e le montagne, a sorseggiare il mio caffelatte al cioccolato. Aveva perfino il vaporizzatore per il latte. Natalie era seduta al tavolo della cucina e i ragazzi – Rand e Boone – erano appoggiati al bancone.

«Mi spiace non avertelo detto.» Natalie allungò una mano sul tavolo di legno e prese la mia quando mi sedetti. «Non stava a me dirlo e stavo proteggendo non solo Rand, ma l'intero branco.» Si era raccolta i riccioli rossi in una coda e i suoi occhi castani erano accoglienti, ma davano a intendere che fosse preoccupata che la odiassi.

Io sorrisi, l'altra mano avvolta attorno alla mia tazza. Indossavo dei leggings morbidi, delle calze spesse e un maglione con un largo collo alto. Aveva nevicato mentre io e Boone dormivamo, un paio di centimetri che facevano brillare tutto, fuori. «Capisco. Suppongo che qualcuno ti avrebbe presa per pazza e ti avrebbe fatta rinchiudere se avessi detto che esistono i mutanti lupo, e qualcuno l'avrebbe rivelato al mondo.»

«Tu non lo farai.» Lanciò un'occhiata a Boone e gli

rivolse un sorriso malizioso. «Non ora che hai trovato il tuo compagno. Sono così felice per te.»

Mi accigliai. «Compagno?»

Rand si allontanò dal bancone e lanciò un'occhiata gelida a Boone. Aveva ancora i capelli scuri bagnati dopo la doccia, che facevano risaltare i suoi occhi azzurri. «Uhm, non lo sa?»

Stavo ricominciando a sentirmi insicura. Non sapevo cosa?

«Lo sa,» disse Boone a Rand.

Rand piegò la testa. «Ne sei sicuro?»

«Ragazzi,» esclamò Natalie indicandomi. «*Lei* è proprio qui. Perché non glielo chiedete?»

«Uhm, già, sono proprio qui,» ripetei io, dando a intendere che anche Natalie pareva parlare di me come se non esistessi.

«Tu sei la mia compagna,» disse con nonchalance Boone per poi bere un sorso del proprio caffè.

Io spostai lo sguardo tra loro tre. «Ehm, cosa?»

«Lui è il tuo compagno, tesoro,» disse Natalie con voce dolce. Aveva il viso radioso di soddisfazione, il che significava che era una cosa buona?

Natalie guardava Rand con nient'altro che amore negli occhi. «Rand è il mio compagno.»

«Cioè,» dissi io, strascicando la parola. «È tuo marito?»

«Lo è, ma il matrimonio è una cosa umana. Sulla

carta, legalmente, siamo sposati. Ma lui è un mutante e a loro non importa di queste cose.»

«Mi importava che a te importasse, Rossa,» disse con dolcezza Rand. «Però Nat ha ragione. Ai mutanti non serve una licenza di matrimonio per stare insieme.»

«Perché ho sentito il tuo odore e il mio lupo ha capito subito che tu mi appartenevi,» asserì Boone.

Io mi irrigidii. Una porta si chiuse sbattendo nel mio petto. Posai la tazza con un tonfo e scossi la testa. «No. Io non *apparterrò* mai più a nessuno. L'ho fatto una volta e... e ho perso me stessa.»

Natalie mi afferrò di nuovo la mano e strinse. «Lo so, ma questo è diverso. Boone, col suo fare tutto ringhioso, sta dicendo che un mutante sente l'odore della propria compagna, anche se umana, e questo gli basta. Capiscono che è quella giusta. Non c'è bisogno di alcuna licenza di matrimonio né di nozze.»

«Dunque è per questo che continuavi a dire "mia" ieri sera?»

Natalie incurvò le labbra.

«Non sembrava darti fastidio quando eri seduta—»

Sollevai una mano e arrossii. Aveva davvero intenzione di dire ai nostri amici durante il caffè che mi ero seduta sulla sua faccia e mi ero tenuta alla testiera rotta mentre lui mi faceva venire?

Sì, a quanto pareva sì.

«Tu sei mia. Raduneremo le tue cose, ce ne

andremo da qui e andremo su in montagna nel mio cottage.»

Scivolai all'indietro sulla panca. «Cosa? Vuoi prendere le mie cose?»

Boone annuì. Indossava i vestiti della sera prima. Aveva i capelli un po' scompigliati per via delle mie dita e del sonno, ma aveva comunque un bell'aspetto.

Lui annuì. «Sì, faremo i bagagli in men che non si dica.»

«Vuoi che *mi trasferisca da te*?» strillai.

Oh no. A-ha. Non sarebbe successo. Non ero ancora nemmeno divorziata. Mi ci erano voluti tre anni per capire come allontanarmi da Marty. Non mi sarei mai rimessa in una situazione del genere.

«Tu sei la mia compagna. Tu appartieni a me.»

«Su una montagna?» Pensavo che il ranch di Natalie fosse isolato, a qualche miglio da un piccolo paesino, ma nei boschi? «La mia auto non ci arriva lassù, non con la neve.»

Lui scosse la testa. «Ti accompagnerò io. Non hai bisogno della tua auto.»

Ecco perché la gente non si faceva storielle di una notte con degli estranei. Ciò che sembrava figo e sexy la sera non era lo stesso alla luce del mattino. Boone era possessivo. Si aspettava che io mi trasferissi su una cacchio di montagna per vivere con lui. Che rinunciassi al mio comodo appartamentino lì per lui.

Per un posto dove non sarei stata in grado di guidare la mia auto e avrebbe dovuto portarmi in giro lui.

Sollevai una mano. «No. No. Non succederà.»

Rand posò una mano sul braccio di Boone. «Devi darti una calmata, amico. La stai spaventando.»

Boone sgranò gli occhi. Chiaramente, non sapeva nemmeno che le sue fossero pretese da manicomio e facessero scattare più allarmi di un ladro in una gioielleria.

«Come può spaventarti essere la mia compagna?» chiese, del tutto confuso. «Piccola, ti ho detto che non ti farei mai del male. Tu mi appartieni e io mi prenderò cura di te. Ho più soldi di quanti mi serviranno mai. Non devi nemmeno più lavorare da Cody.»

Natalie roteò gli occhi e gemette.

Io scivolai lungo la panca e balzai in piedi, abbandonando il caffè.

«No,» dissi in tono piatto, allungando una mano. «Non voglio. Non voglio mollare il mio lavoro e vivere isolata su una montagna dove tu controlli ogni mia mossa.»

«Ovviamente non intendeva ciò che sembra,» disse Natalie, facendo la neutrale. «Ora finirà il suo caffè, ti saluterà con un bacio e—»

«Cosa?» chiese Boone, interrompendola.

Ma lei proseguì.

«—vi vedrete stasera da Cody per il karaoke. Muoio

dalla voglia di sentirti nuovamente cantare sin da quando ti sei trasferita qui.»

«Ma—»

«Andiamo a spalare il vialetto.» Rand afferrò Boone per i bicipiti e cercò di trascinarlo verso la porta sul retro.

Io tenni lo sguardo basso, per paura che avrei ceduto a qualunque cosa Boone avrebbe detto dopo per via dell'espressione nei suoi occhi.

«Summer, tu sei mia,» affermò. «La mia compagna. Non aver paura.»

«Forza, bestione,» lo incitò Rand. Con la porta sul retro aperta, l'aria fredda penetrò nella stanza.

Boone non disse altro, ma se ne andò con Rand.

Quando la porta si fu chiusa alle loro spalle, Natalie commentò: «Uomini. Che idioti. Se non fossero bravi a usare il loro uccello, a cosa ci servirebbero?»

Mi girai e la guardai per poi scoppiare a ridere.

Rise anche lei.

11

BOONE

AVANZAMMO nella neve fresca fino al garage più distante. Rand inserì un codice su un tastierino e la porta scorse verso l'alto.

«Sai che il suo ex era uno stronzo?» chiese Rand.

Il fiato ci usciva in nuvolette ghiacciate. Io ero grosso abbastanza da non percepire la morsa del freddo, ma ai miei occhi non piaceva il forte riflesso del sole sulla neve, per cui tenevo lo sguardo assottigliato.

«Già. Cody mi ha detto che era sposata, che sta divorziando. E credo che lui l'abbia ferita,» dissi, ricordando cosa avesse condiviso la sera prima. Nonché la mancanza di leccate di fica.

«Già, la controllava. Tipo, pericolosamente. Le

diceva cosa indossare. Le aveva portato via il lavoro. Gli amici. L'aveva isolata.»

Sgranai gli occhi mentre lo seguivo nel garage e fino al pickup con lo spazzaneve davanti. Lui salì al volante e io presi posto dall'altro lato. Lui avviò il motore, uscì dal garage, poi abbassò la pala e cominciò a spazzare via la neve.

«Solo adesso si sta rendendo conto di quanto incasinata fosse la sua situazione. Adesso che è al sicuro.»

«Merda, io non voglio fare così,» dissi.

Lui mi lanciò una breve occhiata. «Lo so, ma le hai detto, a un'umana, un'umana che aveva uno stronzo di ex che la controllava, che lei è tua, che ti appartiene e hai intenzione di trasferirla in un cottage isolato in montagna dove non potrebbe portare la sua auto e che avrebbe mollato il suo lavoro perché è la tua compagna. Oh, e vi siete conosciuti meno di dodici ore fa.»

Caaaaaaazzo.

Capivo cosa intendesse. «Essere umana le rende difficile capire.»

Lui sbuffò mentre svoltava lungo una curva a metà strada del suo vialetto.

«Fidati, so quanto sia difficile far comprendere a una femmina umana la nostra natura. Dovresti ritenerti fortunato del fatto che sappia già che cosa sei. Nat mi aveva visto mutare da bambina, per cui lo sapeva anche lei, ma gli altri... hanno avuto grosse difficoltà a spiegare cosa diamine stesse succedendo.»

L'aria nel pickup stava cominciando a scaldarsi, ma non mi infastidiva.

«Sembra effettivamente più difficile. Non riuscirei a immaginare di far credere a Summer che cosa sono se non riesce a capire che "mia" non significa che voglia possederla.»

«Però è così,» ribatté Rand. «Nat è mia. È una mia proprietà. La mia *ossessione*. La cosa importante per lei è sapere che ciò significa che la sto mettendo su un piedistallo. Che la rendo la cosa più importante della mia vita. Che farei qualunque cosa per lei.»

«Lo farei,» giurai io, annuendo.

Lui spinse la neve direttamente dall'altra parte della strada fino al ciglio opposto, poi fece manovra per tornare al proprio vialetto e spalarne l'altro lato.

«Incluso concederle spazio,» aggiunse Rand. «Andartene da qui senza di lei e rivederla questa sera da Cody.»

Io strinsi i pugni sulle cosce. «Perché diavolo dovrei farlo?»

«Ha bisogno di vivere la sua vita,» spiegò lui.

Mi accigliai. «Ma io devo tenerla al sicuro.»

Rand sospirò. «La tengo d'occhio io. Cody lo fa al lavoro. È al sicuro. Se il suo ex dovesse farsi vivo—»

Io girai la testa, guardando il mio amico e compagno di branco. «Se il suo ex dovesse farsi vivo, sarebbe morto. Levi potrà anche essere lo sceriffo, ma noi facciamo giustizia secondo le regole del branco.»

Rand strinse la mascella. «Sono d'accordo.»

«Senti, so che tu sei astuto come una volpe. Quell'investimento di cui mi avevi parlato è quadruplicato di valore. Ma una compagna è una cosa del tutto diversa. Non c'è un manuale che ti spieghi come gestirle. Non c'è logica. Non puoi usare il cervello, qui. Devi usare il tuo cuore... e magari il tuo cazzo. Per una volta, lascia che sia lei a condurre il gioco.»

12

SUMMER

«Ho paura di lui, Nat,» dissi. Ero tornata al tavolo e avevo ripreso il mio caffè. Sarebbe stato un peccato sprecare della caffeina così deliziosa.

Lei piegò la testa. «Tesoro, posso dirti fino allo sfinimento che Boone non ti farebbe mai del male. Mai. Se ha sentito il tuo odore, allora sei la sua compagna ed è parte della sua stessa natura fare tutto ciò che è in suo potere per renderti felice e al sicuro.»

«Come fa Rand con te?» Avevo visto come la trattava ed ero invidiosa. Era la prima cosa che mi aveva fatto rendere conto di quanto fosse stato davvero terribile Marty. Boone sarebbe stato così con me?

Lei annuì. «Sì, come fa Rand con me. Ammetto che,

all'inizio, era un po'... soffocante. Quando ci danno dentro con la loro compagna, ci danno dentro *del tutto*.»

Di certo sembrava familiare. «Hai avuto paura?»

Lei mi rivolse un sorriso dolce. «No. Un po' scossa, forse, ma Rand non è stato altro che dolce. Ringhioso, quello è certo, ma gentile. Mi sento al sicuro con lui e con tutti i ragazzi del branco.»

«Lui... Boone non sembra sapere che cosa dire. È come se tutto ciò che gli esce dalla bocca mi facesse scattare.»

«Boone è un tipo interessante. Lo sapevi che è andato al college a New York? Ha un master in gestione d'impresa. Ha vissuto e lavorato lì per anni.»

Io sgranai gli occhi. Non pensavo che fosse stupido, ma sembrava... altamente concentrato su di me.

«I mutanti vivono in metropoli come quella?» domandai.

Natalie fece spallucce. «Forse alcuni, ma sono animali da branco e adorano correre con la luna piena. È piuttosto difficile farlo in una grossa città come quella.»

Io mi accigliai, studiando la bella smaltatura sulla mia tazza che Natalie mi aveva detto una volta fosse stata creata dalla sua amica Joy. «Allora perché ci è andato?»

Lei bevve un sorso del proprio caffè. «È stato ben prima che arrivassi io, ma Rand mi ha raccontato che quando l'ultimo alfa è morto, Boone aveva la possibilità di sostituirlo perché era suo nipote: dell'alfa. Rob Wolf e Boone sono cugini di primo grado. Il padre di Boone, il fratello del vecchio alfa, voleva che Boone sfidasse Rob per quella posizione. Hanno litigato. Boone e suo padre, intendo. Si sono perfino scontrati. Suo padre è rimasto ferito dalla colluttazione e Boone se n'è andato alla Columbia University.»

Wow, non sembrava il Boone che conoscevo. «Quanti anni aveva?»

Lei bevve un sorso di caffè. «Sedici, credo. Boone e Rob hanno più o meno la stessa età.»

Aggrottai la fronte. «Sedici anni ed è andato al college?»

Lei annuì e sorrise. «Già. È *parecchio* intelligente. Ha ottenuto un bel lavoro a Wall Street in cui gestiva i soldi dei ricchi. Ce lo vedi con un completo elegante?»

No. Di sicuro doveva farseli fare su misura. A prescindere da quanto fosse potuto sembrare sexy, a me piaceva con una camicia di flanella. O nudo. «Allora perché è tornato?»

Natalie fece spallucce. «Non ne sono sicura. Dev'essere successo qualcosa di brutto perché si è praticamente isolato in montagna sin da allora. Cosa che, tornando a te, è il motivo per cui si comporta in maniera tanto strana. Non ha mai avuto una compagna prima d'ora.»

«Tipo, niente ex compagne?»

Lei scosse la testa. «Ce n'è una sola. Alcuni potrebbero accontentarsi di una relazione con un'altra mutante se rinunciano a trovare la propria compagna, ma no. Lui non è mai stato così con nessun'altra. Devi essere meno dura con lui. Potrà anche sembrarti tanto grosso, forte e coraggioso, ma anche lui ha i suoi problemi. Credo un sacco.»

Mi accigliai, vedendo all'improvviso Boone come più che solo un tipo immenso. Era forte, ma aveva preoccupazioni e sentimenti proprio come chiunque altro.

«Non ti biasimo per il fatto di avere paura, specie dopo ciò che ti ha fatto Marty, ma quello era Marty. Non puoi attribuire quel comportamento a qualunque uomo tu conosca. Soprattutto a Boone, perché la sua natura ringhiosa non cambierà. Devi solo prenderti del tempo per cominciare a fidarti di lui.»

Mi morsi un labbro. «Noi, uhm... abbiamo fatto sesso.»

Lei sorrise. «L'avevo immaginato visto che è sceso a prendere il caffè insieme a te. E?» Agitò le sopracciglia.

«Ed è stato fantastico.» Ghignai a mia volta, arrossendo al ricordo di quanto fosse stato eccitante. Non mi ero mai immaginata che potesse mai essere così. Ciò che avevo avuto con Marty, il mio stesso marito, per anni, impallidiva al confronto di una notte con Boone. «Per cui, sì, mi sono fidata abbastanza di lui da portarmelo a casa.»

«È un inizio,» replicò lei. «Un buon inizio. Concedigli una possibilità. Però mi piace sapere che gli tieni testa. Non permettere a nessun uomo, mutante o meno, di calpestarti.»

Sbuffai. «Quello lo so. Adesso.»

«Bene. Hai qualcosa da metterti per il karaoke stasera?» mi chiese cambiando argomento.

Da Cody si teneva il karaoke una volta al mese. Natalie sapeva che io amavo cantare e mi aveva iscritta settimane prima per farmi esibire. Aveva perfino detto alle altre ragazze, Audrey, sua sorella Marina e le altre i cui uomini facevano parte del Wolf Ranch di venire a vedermi. Magari anche di partecipare. Era la prima volta che avrei cantato al di fuori della mia doccia da quando mi ero trasferita lì.

No, dall'ultima volta che mi ero esibita quando Marty aveva fatto una scenata perché degli uomini mi avevano fischiato mentre ero sul palco con una minigonna. Mi aveva trascinata fuori da lì e rimproverata per tutto il viaggio di ritorno a casa. Mi aveva detto che non avrei più potuto esibirmi in pubblico, anche se era stato lui a offrirsi di sostenermi nel far decollare la mia carriera musicale.

«Ehm, non credo di dover indossare nulla di particolare per il karaoke,» ribattei, pensando magari a dei jeans e uno spesso maglione a collo alto.

Lei scosse la testa. «Non per il karaoke, ma per la tua grande serata? Decisamente.» Abbassò il mento. «Gli uomini stanno spazzando il vialetto. Quando sarà pulito, andremo a fare shopping in città e ti troverò qualcosa che ti faccia sentire la stella della musica che so che tu sei. E poi, vogliamo far perdere la testa a Boone, no?»

Io non potei fare a meno di sorridere. «Sì. Entrambe le cose.»

Lei batté le mani.

«Oh, non vedo l'ora di vedere la sua faccia quando ti sentirà cantare. Quell'uomo finirà ai tuoi piedi come un albero abbattuto nei boschi. Capitombolerà. Tesoro, spero tu abbia un sacco di mutandine perché te le strapperà via tutte.»

Fui percorsa da un'ondata di calore. Oddio. E sì, ti prego.

13

BOONE

Accostai e parcheggiai il mio pickup da Cody dopo la giornata più lunga della mia vita, cazzo.

Stare lontano dalla mia compagna non marchiata stava facendo impazzire il mio lupo. Per questo motivo, avevo avuto un tale bisogno di mutare e correre che ero tornato su per la montagna e avevo sguinzagliato il mio lupo.

Ciononostante non aveva ridotto la pressione che mi premeva dentro, per cui avevo preso la mia ascia e avevo fatto a pezzi degli alberi che avevo abbattuto trasformandoli in un intero bancale di legna per poi caricarlo sul retro del mio furgone per consegnarlo al negozio di ferramenta a Cooper Valley.

Ora, era finalmente sera, la legna era stata scaricata e venduta. Potevo rivedere Summer, stando alle regole che mi aveva imposto Rand.

Mi aveva detto che avevo dovuto concederle spazio quel giorno. Aspettare la serata karaoke da Cody per rivederla.

L'avevo fatto. Ora, potevo finalmente rivedere Summer. Inalare il suo odore.

Lei non lavorava quella sera, il che significava che avrei potuto portarla via dopo, se me l'avesse permesso.

Tuttavia, non avevo idea se sarebbe stata d'accordo a stare insieme per due sere di fila.

Il fatto che Rand avesse ritenuto necessario trascinarmi via da lei quella mattina dimostrava che non sapevo cosa stessi facendo con lei.

Lei era attratta da me. Lo sapevo dalla sua espressione. Dal modo in cui il suo odore cambiava quando la toccavo. Sapevo di averla soddisfatta sessualmente. Tuttavia, lei aveva subito un trauma e Rand aveva detto che io stavo esagerando. L'aveva detto anche Cody. Mi aveva consigliato di lasciare che fosse lei a condurre il gioco.

Sapevo eseguire equazioni matematiche a mente. Sapevo discutere di etica riguardo all'ingegneria genetica. Sapevo calcolare il prodotto interno lordo di diversi Paesi stranieri e l'impatto che generava sulle fluttuazioni del mercato azionario.

Tuttavia, non riuscivo a capire cosa fare con Summer. Come agire e parlare così da non spaventarla. Mi sentivo... un idiota.

«Cazzo!» urlai dentro il mio abitacolo. Io ero un mutante. Uno grosso. Il mio lupo aveva finalmente colto l'odore della sua compagna, e io dovevo andare contro ogni istinto che avevo per tenermela. Non si trattava di intelligenza, era biologia.

Dovevo mantenere una presa ferrea sul mio lupo. Dovevo capire come "darmi una calmata" con lei, come avrebbe detto mio fratello.

Scesi dall'auto e controllai il parcheggio alla ricerca della vecchia Subaru malandata di Summer. Non mi piaceva che guidasse quell'affare. Aveva più di quindici anni e non aveva le ultime misure di sicurezza che proteggevano gli umani in caso di incidente. Se non altro era una buona auto adatta a qualunque condizione atmosferica e probabilmente piuttosto affidabile, ma le avrei regalato qualcosa di più recente. Un SUV, magari, così che avesse spazio per accompagnare i nostri futuri cuccioli e salisse facilmente su per le strade di montagna.

Lei li voleva dei cuccioli? E io? Aveva detto di prendere la pillola, ma vedere il mio seme colarle fuori dalla fica mi aveva fatto pensare a come ci sarebbe voluto un po' di tempo per metterla incinta.

Cazzo, a quel punto non mi importava se volesse dei cuccioli o meno. Io volevo solo lei, e fare pratica era molto divertente. Avremmo capito cosa fare insieme, se solo fossi riuscito a metterci *insieme*.

Non avevo mai desiderato tanto una cosa in vita mia.

Fino a quel momento, non ero stato il tipo da aver bisogno delle persone. Dopo così tanto tempo a New York, preferivo una vita solitaria nei boschi. Andavo raramente alle riunioni di branco. A volte mi vedevo coi miei fratelli. Mi ero rassegnato a morire da solo nel mio cottage, il che, fino alla sera scorsa, non era stato poi così male.

Ora, Summer cambiava tutto.

Avrei ceduto al delirio da luna piena e avrebbero dovuto abbattermi se non l'avessi marchiata. All'improvviso, però, desideravo molto di più dalla mia vita.

Mi ero guardato attorno nel mio cottage quel giorno, cercando di vederlo attraverso i suoi occhi e mi ero reso conto di essere un uomo fin troppo semplice. Era una sola stanza con un soppalco e un bagno. L'avevo costruito con i tronchi che avevo abbattuto io stesso. I mobili erano stati realizzati da mio fratello. Erano pieni di libri. Niente TV. Non c'era pizzo, seta né altri tessuti più morbidi del mio copriletto. Non avevo nulla che potesse interessare a una giovane compagna vivace. Senza dubbio Summer si sarebbe annoiata o sentita isolata. Avrebbe pensato che la sua vita fosse *sopravvivenza*. Non andava bene.

Era giunto il momento di apportare qualche cambiamento.

Per quanto il mio lupo sapesse che Summer ci apparteneva, non faceva alcuna differenza se non ero degno di lei. Forse era questo che avevano cercato di dirmi Rand e Natalie.

Io avevo un sacco di soldi. Possedevo una casa. Potevo prendermi cura di Summer.

Ma ero in grado di renderla felice? Era giunto il momento di usare quei soldi per apportare dei cambiamenti e rendere il cottage più che un riparo. Renderlo una casa per entrambi.

Incontrare Summer mi aveva fatto capire che mi ero isolato troppo. Avevo decisamente bisogno di uscire di più. Di riconnettermi col mio branco invece di evitare del tutto le funzioni sociali. Trovarmi un hobby che non fosse leggere libri riguardanti i blocchi militari della Guerra del 1812, l'entomologia del minatore smeraldino del frassino, l'abbattimento della legna e la costruzione di cottage in legno.

Mi infilai la camicia di flanella pulita nei jeans e risalii i gradini in legno del Saloon di Cody. Era domenica, per cui i ritmi erano molto più lenti della sera prima. Quando entrai, notai che c'era appena una manciata di clienti abituali. Sul palco c'era un tipo che cantava stonato "Friends in low places" al microfono mentre il resto del pubblico canticchiava con lui.

Quando sentii l'odore della mia compagna,

individuai Summer seduta davanti con Natalie, Rand e la compagna di Cody, di cui mi ero dimenticato il nome. C'erano anche alcuni altri membri del branco con le loro compagne: Rob e Willow, Johnny e la sua nuova compagna, di cui avevo dimenticato a sua volta il nome. Cazzo, dovevo essere più legato al mio branco. Quelle donne erano umane e sarebbero state ottime amiche per Summer.

Lei lanciò un'occhiata nella mia direzione, come se avesse saputo d'istinto che ero arrivato, e mi si mozzò il fiato. C'era una luminosità nel suo viso che non vi avevo scorto la volta precedente.

Era merito mio?

Per il Destino, osavo a malapena sperarlo.

Forse era dovuto solo a una buona scopata e, se fosse stato quello il caso, l'avrei accettato. Avevo ogni intenzione di assicurarmi che la mia compagna restasse soddisfatta a letto.

Andai dritto da lei, aggirando gli altri tavoli e i clienti, con l'intenzione di chiederle il permesso di toccarla di nuovo, ma lei si era alzata e stava già correndo verso di me.

Correndo.

E dannazione, era bella. Indossava un paio di pantaloncini di jeans sopra delle calze a rete nere, degli stivali da cowgirl neri e un maglione corto azzurro di peluche.

Porca puttana. Era tanto bella da farmi venire voglia di mangiarmela.

E io avevo *decisamente* intenzione di divorarmela.

Smisi di camminare, ipnotizzato. Un sorriso mi incurvava le labbra. Parte di me avrebbe voluto guardarsi alle spalle per assicurarmi che non stesse correndo da qualcun altro. Però no, lei stava guardando dritta verso di me.

Spalancai le braccia e attesi.

Lei si gettò su di me, avvolgendomi le gambe attorno alla vita.

Io le feci passare un avambraccio sotto il culo e la feci roteare, inalando il suo dolce profumo di miele. Cazzo, sì. Era quello che aspettavo da tutto il giorno. Non volevo rimetterla giù. In effetti, avrei voluto voltarmi e uscire dritto dal bar.

«Oh, piccola. È stato il miglior saluto che un uomo potesse sperare di ricevere.» Continuavo a volteggiare. «Come sei diventata così dolce, cazzo?»

Lei sollevò il mento e i nostri sguardi si incrociarono. «Ti sono mancata?» cinguettò.

Era *decisamente* più radiosa della sera prima. Perfino più radiosa di quella mattina, dopo gli orgasmi. Ed era *davvero* felice di vedermi.

Forse era *vero* che la lontananza rafforza l'amore, come si dice. Chiunque lo avesse detto era chiaro che non fosse stato un mutante.

Io avevo pensato che solo una giornata divisi mi

avesse reso arrapato, a un passo dalla pazzia, ma doveva essere stato diverso per lei. Non fosse che, era *corsa* da me. Nessuno lo faceva a meno che non avesse davvero desiderato quella persona. Se mi avesse odiato, come mi ero preoccupato, sarebbe corsa lungo il corridoio sul retro e fuori dall'uscita d'emergenza.

«Mi sei mancata così tanto che sono impazzito un po', e non sto esagerando,» dissi, sfregando il viso contro il suo collo.

Lei rise, sorridendomi, e io mi costrinsi a rispondere al sorriso quando mi resi conto che pensava fosse una battuta.

Giusto.

Avrei dovuto concederle spazio.

Non soffocarla.

Decisamente non comportarmi come se non fossi stato in grado di sopravvivere a un pomeriggio senza di lei. Forse ero davvero pazzo.

«Stavo solo scherzando,» aggiunsi. «Già. Iperbole.»

«Oh, Boone,» esalò lei, e sentirle pronunciare il mio nome mi placò.

La riportai al gruppo e lei scalciò gioiosa contro la mia schiena. «Ho il permesso di continuare a tenerti così per tutta la sera?» le chiesi.

Lei rise e mi spintonò le spalle e io la lasciai andare con riluttanza, così che rimettesse i piedi a terra, mantenendo il contatto con una mano sul suo fianco.

«Tutti qui conoscono Boone?» Mi presentò al

gruppo radunato attorno ai tavoli ammucchiati davanti al palco. La sera prima, quella zona era stata adibita a pista da ballo. Stasera, l'atmosfera era più da lounge.

«Boone, è un piacere rivederti.» Rob si alzò e mi diede una pacca sulla schiena per poi rivolgersi al gruppo. «Lui è mio cugino. Lui e i suoi fratelli sono come orsi perché se ne stanno rintanati su quella montagna per più di metà anno, in letargo.»

Dannazione. Ero stato sfidato dal mio alfa, ma poiché era un tipo schietto, si stava solo mostrando onesto.

Era vero, e il branco mi tormentava sempre al riguardo, ma davanti a Summer, mi sembrò una pecca che avrei dovuto sistemare già da tempo. Non fosse che avevo pensato che sarebbero stati tutti più al sicuro se io mi fossi tenuto alla larga. Rob Wolf incluso. Sapeva bene del forte interesse di mio padre nel farmi diventare alfa al posto suo. Come l'avessi quasi ucciso per la rabbia. Invece di venire indagato dal Consiglio dei Mutanti, ero andato al college e mi ero tenuto alla larga.

Ora che ero tornato, pareva che Rob non serbasse rancore. Sembrava pensasse che il mio isolamento fosse una brutta cosa, ma io l'avevo fatto per lui. Per tutti i membri del branco. Ora che avevo Summer, però...

Mi sfregai la nuca, sentendomi come se quel difetto

fosse un grosso ostacolo per *conquistare* la mia compagna.

Lei doveva aver notato i timori sul mio viso perché mi avvolse un braccio attorno al fianco e strinse. Cazzo, che bella sensazione. «A me piace un uomo grande e grosso di montagna,» dichiarò a tutto il gruppo, a cui forse era stato detto che fosse la mia compagna.

Il mio cuore – e il mio cazzo – sembrarono gonfiarsi e scaldarsi.

Le piaceva un uomo grande e grosso di montagna.

Intendeva me. ME.

Forse stava solo cercando di farmi sentire meglio, ma io archiviai quelle parole.

Il tipo che stava cantando sul palco concluse con un giro di applausi e il presentatore si riprese il microfono. «Dopo, abbiamo Summer! Summer, che cosa ci canti, bambola?»

14

SUMMER

BOONE SI IRRIGIDÌ quando il presentatore mi chiamò *bambola* e anch'io mi tesi, per un motivo del tutto diverso, il mio stomaco che si contorceva. Pareva che fossi stata condizionata a evitare i drammi dopo tutte le sceneggiate che aveva piantato su Marty perché, se ci fosse stato lui al mio fianco e quel tipo mi avesse chiamata con quel nome, avrebbe perso la testa.

Avrebbe pensato che avessi flirtato con quell'uomo, magari che me lo fossi perfino scopata, per ottenere un posto sulla lista per il karaoke. Avrebbe pensato che il mio abbigliamento mi rendesse una zoccola. Avrebbe pensato... ogni genere di stronzata ridicola che aveva posto un freno alla mia vita lasciandomi senza un briciolo di autostima.

Sollevai lo sguardo su Boone per coglierlo a fulminare il presentatore con lo sguardo. Percepii la stretta delle sue dita sul mio fianco.

Oddio. Stava guardando il presentatore proprio come avrebbe fatto Marty. Mi venne un po' di nausea. Non potevo ripetere quell'esperienza. Deglutii con forza, la bocca all'improvviso secca.

Poi lo sguardo scuro di Boone corse su di me e lui aggrottò la fronte preoccupato. «Stai bene, piccola?»

«Non... non sei arrabbiato perché ho intenzione di cantare? Perché indosso questo?»

Toccò a lui accigliarsi mentre mi scrutava da capo a piedi. «Arrabbiato? Diamine, no. Non vedo l'ora di sentire la mia ragazza. E quell'abbigliamento? Diavolo, piccola, cosa mi fai.»

Non vedeva l'ora...? Lui... non ce l'aveva con me. Trassi un respiro e lo lasciai andare. Okay.

Era un tipo geloso e possessivo, però. La cosa si sarebbe tramutata in lui che incolpava me, come aveva fatto Marty, per il fatto che il tipo mi avesse chiamata *bambola*? Il presentatore aveva chiamato a quel modo qualunque donna coraggiosa abbastanza da salire sul palco.

Lui si girò a guardarmi e mi fece sollevare il mento. «Sei nervosa?» La sua voce era persuasiva. «Non esserlo. Andrai alla grande.» Il suo ghigno fu possente. Mi si indurirono i capezzoli solo con uno sguardo.

Pensava che fossi nervosa all'idea di cantare. Non lo ero. Cantavo da tutta la mia vita. Non appena mi ero trasferita in città, Natalie mi aveva chiesto di unirmi ai Gatti del Fienile, la banda con la quale suonava il violino, ma io avevo rifiutato, senza nemmeno concedermi il tempo di rifletterci.

Marty mi aveva rovinato la musica.

Marty mi aveva rovinato tutto.

Sin da allora, Natalie era passata dallo spronarmi a unirmi ai Gatti del Fienile all'implorarmi e insistere sul partecipare quantomeno alla serata karaoke. Io avevo accettato solo per levarmela di torno. Quella mattina, l'aveva chiamata la mia grande serata con Boone. Aveva detto che sarebbe capitombolato come un albero abbattuto quando mi avesse sentita cantare.

Aveva molta più fiducia nel mio talento di quanta ne avessi io. Io non sarei mai riuscita a mettere in ginocchio un gigante come Boone.

Le sue parole, però, veritiere o meno, mi avevano restituito un briciolo del mio potere. Adesso riuscivo a ricordare come avessi catturato l'attenzione della folla un tempo. Come avessi assorbito la loro energia, nutrendomene. Non avevo cantato in grandi arene – solo bar e caffetterie in giro per la città – eppure l'occasione mi aveva concesso un'opportunità per condividere la mia musica. Le canzoni che scrivevo.

Avevo sognato che un giorno avrei ottenuto un contratto di registrazione e mi sarei esibita su palchi più importanti.

Marty, però, mi aveva fatto credere di essere una sciocca. Senza talento. O che mi avessero solo portata a credere di avere talento perché tutto ciò che vedeva la gente ero io che cercavo di fare la zoccola.

Boone mi accompagnò verso il palco mentre io sentivo il gruppo del Wolf Ranch applaudire e fare il tifo per me. «Non vedo l'ora di sentirti cantare, piccola,» borbottò mentre la sua mano si stringeva sul mio fianco.

Un altro dei miei problemi mentali era sparito. Lui non voleva impedirmi di essere al centro dell'attenzione. Non lo turbava. Anzi, mi aveva accompagnata lui sul palco. Non era un colpo basso nei confronti della sua virilità, sebbene non fossi certa che ci fosse un uomo più virile di lui là fuori.

Era un buon segno anche quello.

Trassi un respiro profondo e lo lasciai andare.

Forse non sarebbe stato un disastro come avevo immaginato. Forse potevo farcela, dopotutto.

Salii sul palco e presi il microfono a Joe, il presentatore. «Grazie, Joe. E a buon intenditor, credo che il mio ragazzo ti staccherebbe la testa se mi chiamassi di nuovo bambola.»

La feci sembrare una battuta, sebbene parte di me fosse ancora nauseata all'idea.

Funzionò. Joe parve imbarazzato e scrollò le spalle. La folla rise e tutti si girarono a guardare Boone in piedi a lato del palco.

Lui incrociò le braccia al petto immenso. Che stesse al gioco o che fosse mortalmente serio era discutibile.

«Wow, Boone,» disse Joe, offrendogli un piccolo cenno di saluto con la mano. Era chiaro che lo conoscesse, il che aveva senso. Era un piccolo paesino dove tutti parevano conoscere tutti. «Scusa, amico. Non sapevo che stessi con Summer. Non intendevo mancarle di rispetto.»

Boone chinò la testa.

«Ecco la tua canzone. Shania Twain, giusto, Summer?» Si girò verso Boone e il pubblico. «Niente *bambola*. Decisamente non è una che chiamerei mai più *bambola*.» Joe non sembrava spaventato. Stava facendo battute per il pubblico e tutti ridevano, e forse le labbra di Boone si erano leggermente incurvate.

Io annuii, i miei fianchi che ondeggiavano a tempo della musica che era già partita. Era "That don't impress me much" e io mi feci davvero prendere la mano, divertendomi e cantando a squarciagola.

Boone mi guardava, la bocca aperta, gli occhi che si illuminavano quando prendevo una nota alta. Mi mossi sicura sul palco coi miei pantaloncini mentre il pubblico fischiava e mi urlava complimenti. Boone era quello che fischiava più forte di tutti. Quando ebbi finito, ruggì, gettando i grossi pugni per aria come se avessi appena segnato una meta per la sua squadra preferita.

«Grazie a tutti,» dissi nel microfono prima di restituirlo, entusiasta e senza fiato.

Boone venne al bordo del palco ad accogliermi.

«Prendimi.» Mi gettai di nuovo tra le sue braccia e lui mi prese al volo come se fossi stata un cuscino di piume. Non sapevo perché fossi fissata con l'arrampicarmi su di lui, ma dannazione, era bello. Lui era grosso come un albero e altrettanto robusto e io immaginavo che mi facesse sentire sicura buttarmi da un precipizio e sapere che ci sarebbe stato lui a interrompere la mia caduta.

O forse erano solo preliminari. Perché stare a cavalcioni dei suoi fianchi *decisamente* mi eccitava.

«Ho il permesso ti continuare a tenerti così per tutta la sera?» ci riprovò Boone dopo avermi baciato lo sterno e a lato del collo.

Io risi, senza rispondere. Lui mi riportò al gruppo di tavoli a cui sedevano i nostri amici.

«Hai una voce davvero incredibile. Dove hai imparato a cantare?» Sprofondò su una sedia, tenendomi a cavalcioni su di sé.

Erano un sacco di dimostrazioni d'affetto in pubblico, ma a nessuno pareva importare.

In effetti, tutto ciò che ricevemmo furono sorrisi di incoraggiamento da parte di tutti.

Nessuno sembrava pensare che Boone fosse un

campanello d'allarme. Natalie non mi stava allontanando da lui. Nessuna delle altre donne lo stava facendo. Nemmeno gli uomini. L'alfa del branco non mi avrebbe impedito di stare con un membro che fosse pericoloso?

Avrei dovuto rilassarmi. Smetterla di trovare possibili problemi e scoprire dove ci avrebbe portato quella cosa. Boone non era Marty.

E nemmeno io ero l'ignara ventenne che si era innamorata di lui.

Ero più saggia. Conoscevo il mio valore. Il mio cuore.

Natalie rispose per me, visto che io mi ero un po' persa a guardare Boone. «Summer scrive canzoni. È una musicista professionista.»

Percepii la dolorosa morsa al petto che accompagnava l'argomento della mia carriera musicale. O della sua mancanza. «No, non lo sono,» mi affrettai a dire. «Cioè... mi dilettavo. Decisamente al passato.»

«Stronzate,» sbottò Natalie, sollevando il proprio boccale. «Ha un grande talento, e parli al passato solo per via del tuo ex. È giunto il momento di brillare, amica mia!»

Una giovane donna e le sue amiche salirono sul palco e cominciarono a cantare una pessima versione di "Girls just wanna have fun". Fu difficile non fare una smorfia, ma sembrava si stessero divertendo ed era quello che doveva significare la musica.

«Tu aprirai lo spettacolo dei Gatti del Fienile domani sera. È deciso.» Natalie mi rivolse un'occhiata severa.

Io non avevo ancora accettato, ma lei continuava a insistere. Ora, con Boone che mi guardava con incoraggiamento – oltre a chiunque altro al tavolo del Wolf Ranch – cedetti. «Okay,» concordai.

Boone mi scrutò. «Non vedo l'ora di sentire altro. La musica è importante per te.» Aveva la fronte aggrottata come se avesse messo insieme dei pezzi di un puzzle. «Ci hai rinunciato per lui?» chiese a voce bassa e i nostri amici distolsero lo sguardo per concederci un po' di privacy.

La sorpresa di avere qualcuno che conoscevo da appena ventiquattr'ore indagare sul mio segreto più doloroso mi fece contorcere e bloccare lo stomaco. Distolsi lo sguardo.

Boone doveva aver letto la risposta nel mio silenzio scioccato perché il suo volto si contorse in una smorfia di rabbia. Percepii un basso ruggito nel suo petto.

Mi sovvenne che avrei dovuto avere paura: era davvero terrificante quando era arrabbiato, ma per qualche motivo non ne provavo. Forse perché le sue braccia si strinsero con fare protettivo attorno a me. Forse perché comprendevo che quella rabbia era a mio beneficio.

«Già.» Deglutii. Che sciocca ero stata. «A Marty non piaceva nulla della mia vita che pensasse fosse più importante di lui,» ammisi. Mi vergognavo a dirlo. La mia voce sembrava ferita. Faceva male perfino pronunciare quelle parole sebbene avessi raccontato la stessa cosa a Natalie negli ultimi mesi. Ogni giorno che ero a Cooper Valley, ringraziavo Dio per il fatto di avere un'amica come Natalie, che mi aveva dato un posto dove vivere, mi aveva trovato un lavoro e mi aveva aiutata a rimettermi in piedi mentre chiedevo il divorzio.

Boone strinse la mascella. «Se dovesse mai presentarsi qui, gli strapperò le braccia,» ringhiò.

Fu un'immagine così vivida che sorrisi sebbene avessi il sospetto che Boone potesse essere davvero capace di una cosa del genere. A giudicare da ciò che avevo visto quando aveva strappato le gambe al letto rotto la sera prima, aveva una forza sovrumana.

Gli accarezzai la barba morbida. Era un tale gigante burbero e ringhioso, e voleva essere mio.

«Tu sei più importante di qualunque uomo,» dichiarò Boone.

Lo fissai. Intendeva sé stesso incluso?

«Il tuo talento è straordinario e ho sentito una sola canzone. La tua musica è importante per te. Non smetterai solo perché un omuncolo non ha ottenuto abbastanza attenzioni da parte tua, vero?»

La sua caratterizzazione di Marty mi strappò un

sorriso. Natalie mi aveva posto la stessa domanda, ma io mi ero sentita troppo scoraggiata, troppo sconfitta quando me l'aveva chiesto. Tutto ciò a cui ero riuscita a pensare era stato concludere il divorzio e sbarazzarmi di lui per sempre. Guadagnarmi abbastanza soldi da pagare l'avvocato e cominciare a pagare l'affitto a Natalie e Rand.

Tuttavia, il modo in cui me lo chiese Boone mi fece sentire coraggiosa. Come se Marty fosse stato insignificante.

La mia musica era importante? «Suppongo...» Cercai di districare i miei pensieri tra la vergogna e il dolore che avvolgevano la musica. «Ho un po' la sensazione che sia stata la mia carriera musicale a intrappolarmi con Marty.»

Vidi una piccola scintilla in Boone quando pronunciai il nome di Marty, come se lo stesse archiviando e conservando per dopo. «Cosa intendi?»

Mi morsi un labbro per poi lasciar uscire le parole. «Mi ha convinta a trasferirmi da lui e sposarlo affermando che mi avrebbe sostenuta mentre io mi concentravo sulla mia carriera.»

«Pensavo...» Il volto di Boone si adombrò. «Poi ha fatto l'opposto, ha annientato la tua carriera.»

Era allarmante sentire cosa fosse successo descritto a quel modo, ma mi vennero subito le lacrime agli occhi e ciò significava che ciò che aveva detto Boone era vero: Marty aveva annientato la mia carriera.

Tuttavia, dovevo ammettere anche le mie colpe. Scrollai infelice le spalle. «Sì. Pensava che flirtassi con tutti, tipo Joe. Che se un uomo come lui mi chiamava *bambola*, allora dovevo essermelo scopato. Che quando cantavo, applaudivano solo perché indossavo abiti da sgualdrina. Ha detto così tante cose che mi hanno distrutta, ma sono stata io a permettergli di manipolarmi e di farmi credere a tutte quelle sciocchezze. Che il nostro matrimonio avesse la precedenza.»

Boone scosse la grossa testa. «No. Non biasimare te stessa per le manipolazioni di quello stronzo. Il suo unico obiettivo avrebbe dovuto essere vederti avere successo. Invece, è stato rinchiuderti e ingabbiarti—» Boone lasciò cadere il discorso, gli occhi che gli si illuminavano comprensivi. «Cazzo. Sono stato esagerato questa mattina. Mi sono comportato proprio come quello stronzo del tuo ex.» Si sfregò la barba. «Non c'è da meravigliarsi che tu abbia avuto bisogno di spazio.»

Una delle pareti che avevo eretto contro Boone si frantumò crollando a terra in un istante. Aveva capito. Non mi stava manipolando cercando di farmi credere che ciò che voleva lui era giusto.

«Piccola, mi dispiace. Non è mai stata mia intenzione farti sentire—» Si interruppe di nuovo. «Già, ti ho fatta sentire come una mia proprietà, non è vero?»

Io gli rivolsi un sorriso sollevato. «Be', continuavi a chiamarmi *tua*.»

Lui non rispose, ma in qualche modo riuscii a percepire l'intensità di quanto *davvero* credesse che fossi sua. Tuttavia, supposi che aver capito dall'odore che io fossi "quella giusta" per lui avesse reso chiaro il concetto.

«Ricorda, piccola, che per quanto abbia detto che tu sei mia, anch'io sono tuo. Lo capisci quello?»

Non avevo mai pensato a ribaltare la situazione. Anch'io potevo chiamare Boone *mio*? Potevo essere tanto possessiva con lui quanto lui lo era di me? L'idea che qualunque donna in quel bar posasse il suo sguardo arrapato sul mio uomo... okay, un po' capivo meglio.

Ma come funzionava, esattamente?

«Cosa succede se la tua compagna non prova le stesse cose?» chiesi.

Vidi un mondo di dolore nel suo sguardo. Mi posò le mani sui fianchi, le dita che mi stringevano forte, come se avesse avuto paura che sarei scappata via. Deglutì. «Ti ho promesso che avrei accettato un no come risposta.» La sua voce gli uscì roca, spezzata.

Oh, per l'amor del cielo. «Non sto dicendo di no,» lo rassicurai. «Mi stavo solo chiedendo come funzionasse. Tipo, una...» Abbassai la voce a un sussurro. «Una lupa dice mai di no?»

Le grosse mani di Boone mi strinsero le natiche,

attirandomi più vicino a sé in braccio. «Be', c'è un forte impulso biologico. Non potrebbe negarlo. Però sì, cioè, a volte la cosa non funziona.» Sembrava stesse nascondendo dei dettagli. Qualcosa che non mi sarebbe piaciuto.

«C'è il divorzio?»

Lui annuì, sembrando ancora che non volesse parlarmene. «Sì. Cioè, non è un *divorzio* come fanno gli umani, ma è comunque una separazione. Non è comune, ma può capitare e può essere difficile perché l'istinto di un maschio è quello di proteggerla, anche se lei non dovesse desiderare quella protezione.»

Mmm. Sembrava un po' roba da stalker. Somigliava comunque molto a quello che c'era tra me e Boone.

«Piccola, ora capisco come sia sembrato esagerato,» ripeté. «Probabilmente continuerò ad essere esagerato. Sono fatto così. Ma tu devi sapere che hai tu autonomia. Se dici di no, io mi fermo. Punto. Tu dici di concederti spazio, io ti lascio spazio. Qualunque cosa di cui tu abbia bisogno per sentirti a tuo agio. Però ti prometto che non ostacolerò mai e poi mai la tua carriera. Non mi lamenterò mai sostenendo che tu non mi stia dando abbastanza quando sei così radiosa, cazzo. Tutto ciò che desidero è l'onore di essere il tuo uomo. Voglio essere io a renderti felice, a tenerti al sicuro e a farti urlare tutta la notte.»

Le sue parole mi scaldarono dentro.

Marty non mi aveva mai detto niente di simile. Se

l'avesse fatto, non gli avrei creduto. Però credevo a Boone.

All'improvviso, ne ebbi abbastanza del karaoke.

«Be'.» Mi avvicinai di più a lui sulle sue gambe, percependo il rigonfiamento del suo cazzo attraverso i jeans. «Mettiamoci all'opera sulla terza parte, d'accordo?»

15

BOONE

GEMETTI ALLA SENSAZIONE di Summer che ondeggiava il suo dolce bacino sul mio cazzo. Non sarei riuscito ad arrivare fino a casa. Non sarei riuscito ad arrivare nemmeno fino a casa *sua*. Avevo bisogno di assaggiare la mia ragazza subito. Avremmo dovuto cavarcela lì da Cody.

Mi alzai, tenendo le sue gambe avvolte attorno alla mia vita.

«Più tardi, ti porterò a casa e ti farò vedere cosa vuol dire essere venerata,» promisi, incrociando i suoi occhi azzurri tempestosi. «Ma in questo preciso istante, ho bisogno di assaggiarti e non posso aspettare.»

La portai sul retro del bar, dritto nel magazzino.

Cody mi avrebbe perdonato per ciò che stavamo per fare nel suo spazio. Capiva cosa volesse dire avere una compagna della quale non si riusciva ad avere abbastanza. Avevo bisogno di Summer con una disperazione che non riuscivo a controllare.

«Che stiamo facendo, Boone?» ridacchiò Summer, guardandosi attorno.

Cazzo, quel suono. Nessuna paura, ma gioia.

«Ho bisogno di assaggiarti, piccola,» ringhiai con l'acquolina alla bocca. «Ho bisogno di sentirti chiamare il mio nome mentre vieni. A quel punto sarà abbastanza sicuro per me accompagnarti a casa in macchina. O al mio cottage se ti va di vederlo.»

La riadagiai con cura sul pavimento di cemento per poi mettermi in ginocchio davanti a lei e sbottonarle i pantaloncini. Con i pollici infilati nell'orlo, li strattonai giù fino alle ginocchia assieme alle sue calze a rete.

Lei strillò. «Oddio, Boone!»

Sollevai lo sguardo su di lei con quelli che sapevo dovevano essere occhi che brillavano. «A posto, piccola? Mi concedi il permesso di leccarti la fica fino a farti urlare?»

Il suo odore adesso era più forte. Era molto eccitata. Pronta.

Tenni le sue cosce tra le mani e riuscii a sentirle fremere di desiderio.

«P-permesso accordato.» Le pupille dei suoi occhi

azzurri erano dilatate e la sua pelle era arrossata di un'adorabile sfumatura color pesca.

Sporgendomi in avanti, gliela leccai aggressivamente.

Cazzo, sì. L'odore. Il sapore.

Mia.

Mi avventai sul suo sesso come un morto di fame che vede il suo primo pasto dopo settimane. Le succhiai le labbra in bocca, le feci scorrere la lingua ovunque. Esplorai ogni millimetro della sua dolce fica, finendo col clitoride.

Lei era bagnata al punto da gocciolare, il suo miele mi ricopriva già la barba. Fu facile cacciarle dentro un dito.

Lei urlò, le sue dita che si intrecciavano tra i miei capelli, il suo culo e la sua schiena che si scontravano con le casse di birra impilate contro la parete.

«Così, piccola.» La elogiai mentre spingevo il dito dentro e fuori dal suo stretto canale. Guardarla mentre me ne stavo in ginocchio fu un'esperienza travolgente. Le stavo dando piacere. Lei lo stava ricevendo, fidandosi di me col proprio corpo. «Sei così bella quanto sei pronta a venire.» No, così non le rendevo giustizia. «Sei la donna più bella sulla faccia della Terra.»

Era un dato di fatto.

Feci scorrere la lingua sul suo clitoride e trovai il suo punto G dentro di lei. Ci arricciai il dito sopra come avevo imparato le piacesse la sera prima mentre la leccavo, adorando il modo in cui le sue grida ansanti si fecero più disperate.

«Ti piace, piccola? Lo vuoi lì?» le chiesi, assicurandomi che lei mi guidasse dove voleva. Ero il suo servo del piacere.

«Sì! Sì, Boone, proprio lì.» La sua voce rimbombava sulle pareti in cemento dello stanzino.

Io aggiunsi un secondo dito e li pompai, piegando la mano così che i miei polpastrelli colpissero ogni volta quel punto G.

Lei urlò, e mi afferrò il polso per tenermi ferma la mano mentre vi colava attorno. «Oh, oh!» I suoi muscoli si contrassero pulsando rapidi, stringendomi e fremendo di spasmi attorno alle mie dita.

«Così, piccola. Brava. Adoro quando vieni per me.»

Lei si bagnò ancora di più, il mio elogio che la eccitava. Mi annotai mentalmente di assicurarmi di lodarla ogni volta che ne avevo l'occasione, cazzo. Stavo catalogando tutto ciò che la rendeva felice. Che la faceva bagnare. Che la faceva venire.

Tirai fuori le dita e me le misi in bocca, godendomi il sapore dei suoi succhi. Non riuscivo ad averne abbastanza.

Con cautela, le tirai su le calze e poi i pantaloncini, riallacciandoli. Poi mi alzai e chinai la testa così da sfregare il viso contro il suo collo. «Adoro farti venire, cazzo,» sussurrai al suo orecchio per poi morderlo. «Verrai a casa con me stanotte?»

«Sì,» rispose subito lei. Nessuna esitazione. Nessuna paura. Grazie al cielo.

«Voglio che canti di nuovo per me,» dissi. «Nuda e dal mio letto. Uno spettacolino privato.»

Il lento sorriso che mi rivolse fu leggermente malizioso e mi fece contrarre i testicoli. «Okay.»

La presi per mano e la condussi fuori dal magazzino. Il suo sapore sulla mia lingua e un sorriso sul suo volto.

Avevo pensato che la notte precedente fosse stata la migliore della mia vita. Quella, però, si stava rivelando ancora meglio.

16

SUMMER

Mi infilai una delle camicie di flanella di Boone. Una rossa e morbidissima. Era così grossa che non me la abbottonai nemmeno. Il cottage di Boone era incredibile. Era stato buio quando mi ci aveva portata la sera prima dopo essere passati da casa mia così che potessi preparare un borsone. Eravamo saliti in montagna dalla città. Quando eravamo arrivati, eravamo stati – ehm, *impegnati* fino a quando io non ero praticamente svenuta di piacere – adesso, però, alla luce del giorno, mi guardai attorno.

L'avrei chiamato lusso accogliente, se fosse esistita una cosa del genere. La sera prima, mi aveva detto di averlo costruito tutto da solo. Era chiaro che fosse frutto di un sentimento.

Era piccolo: un cottage studio open space che comprendeva soggiorno, cucina e camera da letto e un soppalco che pareva usare come ufficio/angolo lettura. Per quanto rustico, ogni dettaglio era perfetto. Le pesanti porte di legno erano intagliate e sbarravano alla perfezione il freddo invernale. I mobiletti e i cassetti della cucina contenevano gli elettrodomestici più raffinati e avevano la chiusura ammortizzata. Sotto i mobiletti, delle luci a incasso si riflettevano su degli ottimi ripiani. Sia i banconi della cucina che quelli del bagno e le pareti della doccia erano delle giganteche lastre di quarzo lucido bianche e grigie, con venature viola e argento.

I chiari pavimenti in legno erano lisci e davano una sensazione morbida e accogliente. Una stufa a legna in ghisa teneva al caldo la casa.

Natalie aveva detto che Boone era molto intelligente – che era andato al college all'età di sedici anni – ma davvero non l'avrei preso per uno a cui piacesse leggere. Non era un tipo di molte parole e, con me, aveva detto più di una volta la cosa sbagliata. Eppure, l'intero cottage era pieno di libri che era palese avesse letto.

Ogni parete del soppalco al piano di sopra era carica di mensole e un'intera parete di sotto era a sua volta colma di libri. Feci scorrere le dita sui dorsi di alcuni di essi, vagliandoli. Parlavano di tutto: guerre mercantili con la Cina, la rivoluzione dell'intelligenza artificiale, religioni dell'antico Egitto, libri d'artigianato sulla lavorazione del legno e l'edilizia, filosofia tedesca, psicologia junghiana.

«Wow,» borbottai. «Ti piace leggere.»

Boone era a letto, la grossa testa appoggiata alla mano mentre se ne stava sdraiato su un fianco a guardarmi. Scrollò le spalle, mettendo in risalto i grossi muscoli. «Ci si annoia quassù d'inverno,» disse semplicemente.

Io tornai a letto e gli salii sopra, mettendomi a cavalcioni della sua immensa vita. Avrebbe potuto ribaltarmi e dominarmi con facilità, ma non lo fece. La sua camicia mi pendeva dalle spalle come una vestaglia aperta. «Perché vivi quassù tutto solo?»

C'era qualcosa della situazione abitativa di Boone che dava l'impressione che si stesse tenendo in guardia. Non necessariamente che si stesse nascondendo, ma che si fosse isolato per scelta.

Lui esitò, il che mi disse che stavo fiutando qualcosa. I suoi occhi scuri sembravano turbati. «È solo... più sicuro così,» borbottò distogliendo lo sguardo.

«Più sicuro per chi? Per te?»

Lui scosse la testa. Aveva la fronte aggrottata.

Io piegai la testa. «Cosa non mi stai raccontando?»

Lui strinse la mascella. Non si era mosso, ma riuscivo a percepire la tensione che gli pulsava dentro.

«Ti prego, voglio saperlo. Cos'è successo? Hai... hai fatto del male a qualcuno? È stato il tuo lupo?» Non ero sicura di cosa me l'avesse fatto indovinare, ma seppi subito di averci preso quando lui sgranò gli occhi sorpreso.

Smise di respirare.

«Puoi dirmelo, Boone,» sussurrai, facendo scorrere un dito tra i peli scuri sul suo petto. Le maniche della sua camicia erano così lunghe che non riuscivo a vedermi le mani.

Lui non parlò.

Non lo conoscevo da molto, ma lo conoscevo abbastanza. «So che hai paura di spaventarmi. Suppongo di essere un po' titubante. Però ho bisogno di sapere tutto dell'uomo che sostiene di essere il mio compagno.»

Wow. Pronunciare a voce alta quelle parole ebbe effetto su di me.

L'uomo che sostiene di essere il mio compagno. Era come se fossi stata in grado di percepire l'influenza del destino dietro quelle parole. Il forte significato che Boone e il resto dei miei amici attribuiva a quel termine, *compagno.*

Boone lasciò andare il respiro. Fissò il mio viso come se fosse stato la sua ancora di salvezza. Come se fosse riuscito a vedermi dritto nell'anima. Si schiarì la gola. «Mentre crescevo, mio zio – il fratello di mia mamma – era l'alfa di questo branco.» La sua voce sembrava arrugginita.

Avrei voluto chiedergli se intendesse il padre di Rob, ma attesi, lasciando che si prendesse il tempo necessario per raccontarmi la storia a modo suo.

«Mia mamma è morta dando alla luce Roy. Mio padre era... ciò a cui si pensa quando si parla di "mascolinità tossica". Mia zia e mio zio, però – i genitori di Rob, Colton e Boyd – si sono presi cura di noi quando eravamo piccoli. O cuccioli, come diciamo noi. Erano i genitori amorevoli che avremmo voluto avere.» Trasse un altro respiro e lo lasciò andare. «Quando avevo sedici anni, sono rimasti uccisi in un terribile incidente d'auto nel canyon. Rob era giovane, aveva appena un paio d'anni più di me. La guida del branco spettava a lui, come di diritto.»

Io annuii, continuando a far scorrere le dita tra i peli del suo petto vigoroso, cercando di alleviare il dolore che riuscivo a leggergli in volto. Era così caldo sotto di me.

«Io ero già grosso: ero alto così già alle medie e, al liceo, ho messo su anche i muscoli. Quello stronzo di mio padre pensava che avrei dovuto sfidare Rob per diventare alfa.»

Inarcai le sopracciglia sorpresa, ma non lo interruppi in altro modo, visto che non sapevo cosa volesse dire esattamente.

Lui sospirò. «Lo so… era ridicolo. Mio padre era uno stronzo egoista e complottista. Io non ero affatto interessato a gestire il branco né a portare via qualcosa da un cugino che era come un fratello per me, che era stato cresciuto affinché assumesse quel ruolo e ci guidasse. Io volevo solo andarmene di casa. Volevo allontanarmi da mio padre e dalla sua costante pressione nel farmi comportare da maschio alfa. Per te, un'umana, ciò significa essere dominante e avere il controllo, ma l'alfa di un branco di lupi è quello e molto altro. Lui è il capo, quello responsabile del benessere di tutti. Inoltre, dispensa giustizia, quantomeno a livello del branco. Deve prendere decisioni che a volte non sono felici o positive. Io avrei potuto ricoprire quel ruolo con la mia stazza, ma niente di più. Faceva *parte* di Rob essere l'alfa. Era nato per seguire le orme di suo padre. Il mio credeva che la mia stazza mi rendesse adatto a comandare ed ecco perché era uno stronzo. Io non ero qualificato.»

«Tipo cercare di infilare una forma quadrata in un buco rotondo?» tirai a indovinare.

Lui incurvò un angolo della bocca verso l'alto. «Già, proprio così. Rob era adatto a quel ruolo. Io no. Avevo studiato come un matto per diplomarmi al liceo in fretta e andare al college. Ero già stato accettato alla Colombia. Mio padre, però, non mollava. Per mesi, mi è stato addosso al riguardo. Mi sfidava, sfidava e sfidava. Una sera di quell'estate, mi ha provocato troppo e ci siamo scontrati. Non verbalmente, ma fisicamente. Io non avevo avuto intenzione di sfidare *lui* per il predominio... è successo e basta.»

Non avevo idea di cosa significasse *sfidare per il predominio*, ma gli occhi di Boone si erano annebbiati e la sua espressione pareva nauseata. Qualunque cosa avesse fatto, la rimpiangeva ancora.

«Cos'è successo?» sussurrai.

Il suo viso fu sopraffatto dai sensi di colpa. «È stata brutta.» Deglutì.

Attesi, ma lui non proseguì.

«Quanto brutta?»

Le sue mani mi si posarono sui fianchi, i suoi pollici che mi accarezzavano la pelle, ma dubitavo che ne fosse anche solo consapevole. «Un bagno di sangue, cazzo. Cioè, il mio lupo non ha ucciso mio padre, ma ci è andato vicino.»

Quando scorse la mia espressione allarmata, fece subito ammenda. «I mutanti guariscono in fretta, comunque. Stava bene. Roy e Ace, però, i miei fratelli minori, sono rimasti del tutto traumatizzati. Io—» Smise di parlare, come se le parole gli fossero rimaste incastrate in gola. «Me ne sono andato. Ho abbandonato il branco, il Paese. Probabilmente avrei dovuto restare. Per loro. Ma avevo quasi pestato a morte mio padre. Immaginavo che, senza di me, non ci sarebbe nemmeno più stata una minaccia per nessuno.

E sarebbe anche stato meglio per Rob cercare di gestire il branco in così giovane età, e per la famiglia trovare la pace se io avessi lasciato la città e me ne fossi andato. Non volevo essere quello violento che tutti temevano potesse esplodere di nuovo.

«Così sono andato al college, e poi sono rimasto a New York dopo essermi laureato. Mi dicevo che stavo concedendo a Rob lo spazio necessario ad assicurarsi la propria leadership. Più tardi, mi sono detto che lavorare come gestore di fondi speculativi significava fare soldi per la famiglia, ed effettivamente i soldi *li facevo*. Un sacco. È così che abbiamo avviato l'impresa di falegnameria e abbiamo ricomprato tutti questi terreni dalla banca.»

Le mie mani si fermarono e una si posò sul suo cuore. Ne percepivo il lento battito sotto il palmo. «I tuoi fratelli erano in pericolo?»

Il dolore nell'espressione di Boone mi lacerò.

Gli presi il volto tra le mani e gli accarezzai la barba soffice coi pollici.

Lui scosse la testa, ma non volle incrociare il mio sguardo. «No... non pericolo fisico. Ma nostro padre era un narcisista, per cui non hanno ottenuto il sostegno che si meritavano. Per fortuna, Rob non li ha tagliati fuori dal branco né ha rimosso la sua protezione, sebbene dovesse sapere che mio padre aveva tramato per rubargli il posto. Roy e Ace, però, hanno perso l'amore e la stabilità dei nostri zii quando sono morti e Rob non era in grado di fare da genitore surrogato per loro più di quanto non lo fossi io. Il limite è stato superato cinque anni dopo che me ne sono andato quando mio padre ha cercato di spingere Ace a sfidare Rob. Ace non era interessato, non aveva mai nemmeno preso in considerazione quel ruolo. Non era il primogenito della nostra famiglia e Rob ha due fratelli minori. Se c'era qualcuno adatto a sostituire Rob, quelli erano Colton e poi Boyd. Per via di questo tentativo, Rob l'ha esiliato dal branco.»

Rimasi a bocca aperta. Chi l'avrebbe mai detto che ci fossero tanti drammi in un branco di lupi? La gente che sapeva della loro esistenza, supposi, tanto per cominciare.

«Ha esiliato Ace?»

«No, mio padre, non Roy e Ace. Nostro padre ha lasciato il Paese. L'ultima volta che ho avuto sue notizie, era in un branco in Arkansas. È stata la cosa migliore che potesse capitare, a dire il vero, perché i miei fratelli sono rimasti e hanno finalmente ottenuto la loro libertà.»

«Vivono anche loro qua in montagna, giusto?» Ricordai che aveva detto che uno di loro era un falegname e l'altro possedeva un vivaio di alberi di Natale.

Annuì.

«È allora che sei tornato a casa? Quando tuo padre è stato esiliato?»

Boone fece una smorfia. «Avrei dovuto, ma no.»

«Che cosa ti ha riportato a casa?»

«Altri guai. Non qui nel branco, ma a New York.» Percepii Boone chiudersi in sé stesso, come se non avesse voluto raccontarmi altro. Faceva male sentirsi respinti, specialmente quando si era appena aperto così bene.

Cercai di mantenere il legame aperto. «Potrai anche essere stato grosso e intelligente, ma eri comunque un ragazzino quando te ne sei andato. Sedici anni sono pochi per andare al college, specialmente uno a New York dopo aver vissuto a Cooper Valley. Non ti si può biasimare per il pessimo lavoro di tuo padre come genitore o per il fatto di non essere voluto restare e migliorare in qualche modo la situazione dei tuoi fratelli. Immagino che avessi ragione: restare avrebbe significato altri litigi e altri problemi.»

Boone lasciò andare un gran sospiro. «Grazie. Mio fratello, Ace, non la pensa così, ma mi aiuta sentire che tu lo credi.» La sua voce era roca. «Vieni qui.» Mi attirò in basso per farmi appoggiare la testa al suo petto e mi strinse a sé. Era così caldo, la pelle morbida sui muscoli duri.

Io mi accoccolai a lui, offrendogli conforto con la mia presenza. «Grazie per aver condiviso. Mi spiace che tu abbia dovuto affrontare una cosa del genere.»

Lui mi accarezzò la schiena nuda con le sue grosse mani piene di calli e le mie natiche. «Non voglio che tu abbia paura di me.» La sua voce si incrinò. «So che ti è successo qualcosa. Io non permetterò mai, mai che tu rimanga di nuovo ferita. Te lo prometto.» La sua voce si fece decisa e io seppi, senza ombra di dubbio, che avrebbe potuto diventare di nuovo violento. Tuttavia credevo anche che non sarebbe stato nei miei confronti, ma solo per proteggermi.

Ne ero certa, dopo aver saputo cos'era successo e scoperto il suo senso di colpa per aver abbandonato i suoi fratelli. Aveva un senso dell'onore. La sua morale era intatta. Io non ne sapevo nulla di mutanti lupo, ma comprendevo il concetto di alfa. Forse lui non voleva una posizione da capo, ma era un leader naturale. Dominante. Protettivo. Disposto a usare la forza quando necessario. Eppure aveva abbandonato il proprio branco per assicurarsi che Rob avesse successo nella sua leadership come alfa.

Ero sicura che dovesse essere stato spaventoso per un ragazzino di sedici anni, ma non era un buon motivo per tenersi isolato lassù in montagna in quel momento. Se volevamo essere una coppia – un pensiero che per metà mi emozionava, per metà mi terrorizzava – allora avrei dovuto attirarlo di nuovo nella società. Sapevo per esperienza quanto fosse brutto venire tagliati fuori dal proprio sistema di supporto e dalla propria comunità. Quanto fosse spaventoso provare a riconnettersi.

Temeva questo nei miei riguardi. Aveva paura di fare qualcosa di sbagliato. Aveva la sensazione che avrebbe commesso un passo falso, detto qualcosa di sbagliato, *fatto* qualcosa di sbagliato che mi avrebbe ferita o spaventata al punto da farmi fuggire. Nemmeno io potevo soccombere al mio timore che lui si trasformasse in Marty, che fosse super gentile e dolce all'inizio per poi farsi prepotente e cattivo. Dovevo lavorarci.

Avrei potuto cominciare subito.

Sorrisi maliziosa, pensando a un'*ottima* idea.

«Voglio legarti.»

Lui sgranò gli occhi e mi guardò con passione. «Suppongo tu intenda qui a letto,» disse. La sua voce si era abbassata di un'ottava e ogni traccia di senso di colpa e rimpianto era svanita dal suo sguardo.

Io mi morsi un labbro e annuii. «Voglio approfittarmi di te.»

«Hai paura che ti faccia del male?» mi chiese, di nuovo insicuro.

Io scossi la testa. «No. Affatto. Voglio che tu ti lasci andare. Che ti dimentichi di cercare di non farmi del male. Lo so cosa ti frulla per la testa.»

Lui annuì una volta.

«A questo modo, saprai di non poterlo fare. Potrai semplicemente lasciarti andare e... godere.»

«Dunque hai intenzione di scoparmi? Di farmi impazzire con quella tua dolce fica?»

Sollevò le mani, mi fece scivolare giù la camicia dalle spalle fino ad ammucchiarmela attorno ai fianchi. Io mi liberai le braccia e fui nuda. Il suo sguardo mi scorse addosso e il suo cazzo si gonfiò in mezzo a noi.

Annuii.

«A me sta più che bene, ma prima devi fare una cosa.»

Piegai la testa, i capelli che mi sfioravano la mandibola. «Cosa?»

«Dopo avermi legato, devi sederti sulla mia faccia. Divorerò quella dolce fica fino a quando non verrai. La mia ragazza viene per prima, e così saprò che sarà successo.»

Volevo farlo? Farmela divorare da Boone e venire per lui per *poi* cavalcarlo come una cowgirl?

Sì, sì che lo volevo.

«Okay.»

«Bene.» Sollevò le mani sopra la testa e afferrò la testiera squadrata di legno. «Usa la mia camicia per legarmi i polsi al legno.»

Feci come mi aveva detto, sporgendomi in avanti per avvolgere la manica attorno ai suoi polsi e al letto, ma lui mi prese un capezzolo in bocca e mi distrassi.

Alla fine, fu legato e io ero decisamente eccitata.

Lui ghignò, sollevò lo sguardo e strattonò il nodo per testarlo.

«Salta quassù, piccola.»

Scivolai lungo il suo busto per poi afferrare la parte superiore della testiera e poggiare le ginocchia a entrambi i lati della sua testa.

«Abbassati. Sì, cazzo. Brava.»

Poi me la divorò con una precisione spietata. Forse fu perché era deciso a farmi venire per prima che non mi stuzzicò né mi provocò. Non poteva usare le mani, ma la sua bocca e la sua lingua erano così talentuose che venni a tempo di record. Se ci fosse stata una categoria di leccate di fica alle Olimpiadi, Boone avrebbe senza dubbio vinto la medaglia d'oro.

Io ero sfinita e soddisfatta, ma non avevo finito. Quell'orgasmo era stato un riscaldamento. Il suo cazzo era sotto di me, spesso, lungo e con del liquido seminale che gocciolava dalla punta. Ne aveva il ventre ricoperto.

«Pronto?» chiesi, il che era ridicolo. Era più che pronto. Lui ridacchiò, la barba che luccicava, ricoperta della mia eccitazione.

Io mi spostai all'indietro, mi sollevai sulle ginocchia, dopodiché mi calai su di lui.

«Cazzo,» sibilò lui, strattonando il nodo. Tenne.

Mi sentivo molto potente nell'avere un uomo come Boone alla mia mercé.

«Goditela e basta, baby,» gli dissi, chinandomi a baciarlo, sentendo il mio sapore sulle sue labbra.

Mi tirai di nuovo su, dopodiché cominciai a muovermi.

«Stringiti quelle tette,» mi disse lui.

Io lo feci e lo sentii gonfiarsi dentro di me.

Poi poggiai le mani alla testiera e mi sporsi in avanti, offrendogliene una da succhiare. Poi l'altra.

Stavo gemendo e mi dimenavo sul suo cazzo, ma dovetti tornare a raddrizzarmi. Volevo di più. Più forte. Più a fondo. Me lo presi. Sfruttai il cazzo di Boone per farmi venire. Guardai il suo viso: mascella serrata, guance rosse, occhi selvaggi.

«Vuoi venire per me, omaccione?» gli chiesi, cavalcandolo.

«Sì. Ci sono vicinissimo.»

«Vieni per me, Boone. Lasciati andare e basta.»

Forse aveva avuto bisogno di quelle parole. Forse l'avevo provocato al punto di non ritorno.

Lui spinse i fianchi verso l'alto e venne con un ringhio, riempiendomi del suo seme fino a quando non mi colò fuori attorno a lui. Io avevo bisogno di più. Abbassai una mano, mi sfregai il clitoride e mi spinsi di nuovo oltre il limite. Era così bello con lui spesso e duro dentro di me.

Avevo ridotto quel grosso taglialegna, così forte, a un uomo sfatto, sudato e soddisfatto.

Sorrisi. Lo stesso stava facendo lui.

Mi sporsi in avanti per baciarlo, la sua pelle caldissima contro la mia. «Grazie.»

Lui rise. «Piccola, puoi legarmi ogni volta che vuoi.»

Ora, trovarmi intrappolata da una bufera di neve in montagna con Boone non mi sembrava poi così male. Era eccitante.

17

BOONE

AVERE Summer nel mio cottage fu un'esperienza estatica. Fu anche pura tortura perché il suo odore di miele e pesche riempiva il piccolo spazio, continuando a stuzzicare il mio lupo. Lui voleva fare sesso senza mai fermarsi con lei. Aveva bisogno di sentirla urlare. Di percepire i suoi orgasmi. Di sentire l'odore della sua eccitazione.

Più di tutto, voleva marchiarla. Specie quando mi aveva legato e si era approfittata di me. Cazzo, era stato eccitante.

Però non avevo capito come affrontare l'argomento di rivendicarla con lei. Mi ero mosso troppo in fretta in precedenza. Ora che sapevo che c'erano cose che la spaventavano, avevo messo un collare a strozzo al mio lupo. Quando mi aveva consigliato di tenermi legato mentre scopavamo, avevo pensato fosse una buona idea, dopo che aveva spiegato di non aver avuto paura. Potevo assicurarmi di non essere troppo brusco. Lei poteva prendersi ciò che voleva e io di certo sarei venuto con qualunque cosa avesse fatto.

Era un inizio. Lei era così forte e coraggiosa e si era visto mentre mi cavalcava fino all'orgasmo più sconvolgente della mia vita.

Rivendicarmela, però? Quello doveva ancora accadere. Il tempo scorreva. Stava per scadere se non volevo soccombere al delirio da luna piena. Riuscivo a sentire l'energia caotica che mi riverberava dentro. L'animale che lottava contro l'uomo. Ero accaldato e agitato. Nervoso. Come se avessi troppa energia in corpo affinché la mia pelle potesse contenerla.

Lei si alzò e si vestì. Per un istante, rimasi sdraiato a letto a guardarla perché non c'era nulla di più bello a quel mondo della mia compagna. E anche perché avevo bisogno di placare il mio lupo, che stava dando di matto perché mi era scesa di dosso. Dopo ciò che mi aveva appena fatto, avrei dovuto essere soddisfatto, e invece no.

Sarebbe diventato un problema. Forse lei aveva protetto sé stessa legandomi, facendomi dimenticare della possibilità di farle del male. Adesso, però, era tornata di prepotenza. Non mi sarei mai perdonato se fossi finito col perdere il controllo e metterla in pericolo come avevo promesso che non sarebbe mai capitato. O se l'avessi marchiata prima che fosse pronta. Ricacciai indietro il mio lupo.

Rotolai per alzarmi e indossai un paio di pantaloni della tuta. «Devi aver fame, adesso.» Le feci l'occhiolino e lei arrossì adorabilmente. «Ho della salsiccia e delle uova. Forse potrei riuscire a fare anche dei pancake. C'è del vero sciroppo d'acero. E del caffè. Ovvio che ho del caffè. O della cioccolata calda.»

Lei mi sorrise e qualcosa mi si mosse nel petto. Volevo rendere felice quella donna più di quanto mi importasse continuare a respirare. Se io fossi stato comunque un pericolo per lei, però? Il mio lupo non avrebbe mai permesso intenzionalmente che le succedesse qualcosa, ma se fossi stato sul punto di proteggerla, il destino solo sapeva che non sarei stato in grado di trattenere la violenza. E a quel punto avrei potuto perderla lo stesso.

«Uova e salsiccia sembrano ottime. E se hai della cioccolata prepariamo del caffellatte al cioccolato!» Saltellò leggermente sul posto.

Cazzo, se era carina.

Io misi su il caffè e tirai fuori una padella mentre lei apriva il frigo e trovava uova e salsiccia.

Quindici minuti dopo, eravamo seduti con pile di cibo fumante e tazze di caffè con una miscela di latte e cioccolata calda.

«Devi pensare che sia in grado di mangiare come un lupo,» rise Summer, prendendo la propria forchetta e adocchiando l'enorme pila di uova e salsiccia.

Il mio lupo adorava nutrirla.

Ghignai. Cazzo, non sapevo nemmeno che la mia faccia fosse ancora capace di sorridere, eppure, a quanto pareva, se lo ricordava. «Hai bisogno di energie se vogliamo fare un'escursione in montagna nella neve per vedere la piantagione di alberi.»

Lei masticò il proprio boccone, sorridendomi in un modo che sgretolò tutto il mio mondo per poi riassemblarlo.

Rivendicala. Il mio lupo non la smetteva.

No. Non ancora. Presto. Lo costrinsi a stare a cuccia.

«Quale fratello hai detto che possiede la piantagione? Potrò conoscerlo?»

«Ace. Ah, certo. Vuoi farlo?» Il petto mi sembrava troppo oppresso. Come se si stesse espandendo e le mie costole non fossero state in grado di contenerne l'energia.

«Ovvio che sì.»

Io rimasi immobile per un istante. Era possibile che mi stesse già accettando come suo compagno? Voler conoscere la mia famiglia era un buon segno, no?

«Facciamo un patto.»

Lei sorrise, inarcando le sopracciglia. «Quale patto?»

«Ti farò vedere la piantagione se tu canterai una

canzone per me. Una delle tue canzoni. Magari una originale scritta da te?»

Summer arrossì. «Be', sì.» Emise una risata imbarazzata. «Okay. Canterò per tutto il tragitto, se ti va.»

«Mi va.» Sostenni il suo sguardo. «Voglio sentire ogni bellissima cosa tu abbia scritto. Ora che so quanto sei brava, mi assicurerò che tu non abbandoni mai più te stessa o la tua musica per un uomo.»

Le si inumidirono gli occhi. «Boone.» La sua voce era rotta.

Io mi allontanai subito dal tavolo per farle spazio e allungai un braccio verso di lei. «Vieni qui, piccola.»

Lei si alzò e venne da me e me la attirai in grembo, stringendole un braccio attorno alla vita e baciandole la spalla.

«Non ti soffocherò, Summer. Te lo prometto. So che esagero. Che sono troppo intenso. Il mio lupo vuole rivendicarti e io voglio proteggerti, ma non ho intenzione di tenerti per me. Cioè, se mi permetterai di averti.»

Le sue braccia mi si avvolsero attorno al collo e lei mi diede un bacio sulla testa. Non concordò. Non disse di credermi o di fidarsi di me, ma in qualche modo riuscivo a percepire che l'avermi legato per il sesso e quello erano un inizio. Stavo facendo progressi. Avrei scoperto tutte le sue obiezioni e i suoi timori e mi sarei assicurato di affrontarli. Alla fine, avrebbe creduto di essere del tutto al sicuro con me.

«Potremo anche trovarci in mezzo alle montagne, qui, ma io non cercherei mai di tenerti lontana dal resto del mondo. Solo a sentirti cantare al karaoke ho capito che eri nata per essere apprezzata dalla folla, piccola. E so che probabilmente è troppo presto per dirlo, ma voglio solamente esprimere tutto. Se credi che sia troppo isolato quassù, comprerò o costruirò una casa in città. È la tua felicità ciò che conta per me.»

«Cristo, Boone,» disse lei con voce strozzata. «Smettila di farmi piangere.»

«Se piangi perché ti senti idolatrata come ti meriti, non mi scuserò.»

Lei emise uno sbuffo lacrimoso. «Tu sei pazzo.»

Io mi alzai, tenendola tra le braccia, e lei mi avvolse d'istinto le gambe attorno alla vita. «Sì.» La baciai. «Pazzo di te.»

18

SUMMER

Venendo da Los Angeles, non avevo pensato di poter sostenere l'inverno nel Montana, ma negli ultimi mesi, mi ero innamorata della neve. Io e Boone vi uscimmo con dei cappelli di lana e dei parka. Io avevo un paio di spessi calzettoni di Boone per tenermi i piedi al caldo anche se si fossero bagnati.

Non riuscivo a scorgere alcun sentiero o strada, ma Boone mi guidò nella foresta come se sapesse esattamente dove andava, tenendomi la mano avvolta dai guanti.

Parte di me si chiedeva se fosse pericoloso, se potessimo andare in ipotermia o perderci, ma poi mi ricordai che Boone era un lupo. Loro non si perdevano nei boschi, no?

Dannazione, era eccitante. Non era solo un bellissimo taglialegna geniale, ma era un superuomo. Probabilmente aveva un udito e un senso dell'olfatto più sviluppati. E, ovviamente, sapeva trasformarsi in un gigantesco lupo. Oh!

«Voglio vederti in forma di lupo,» sbottai, in piedi in mezzo agli alberi, la neve che cadeva leggera.

Lui chinò la testa per guardarmi, gli occhi che brillavano. «Sì?»

I fiocchi mi cadevano in viso sciogliendosi. «Sì. Muti solamente durante la luna piena?»

Lui scosse la testa. «No. Possiamo mutare in qualunque momento. La luna piena ci rende solo impazienti di farlo. È come... vedere un vassoio di biscotti appena sfornati e prenderne uno. Sarebbe difficile resistervi.»

Aveva senso. «Che... ehm, di che colore sei? Il tuo, ehm, pelo.»

«Bianco e argento. Decisamente mi so mimetizzare in una giornata di neve.»

«Mimetizzarti? Intendi, per cacciare? Che cosa cacci?» Non ero certa se avrei dovuto sentirmi schifata o meno.

Lui sorrise di nuovo. «Che cosa caccio? Piccole musiciste bionde che cantano come angeli.» Boone mi saltò addosso, sollevandomi per aria e facendomi roteare, il suo calore che penetrava i miei abiti.

Io strillai e ridacchiai.

Lui mi rimise a terra, un ghigno in volto. «Farai meglio a scappare, piccola.» La sua voce era un finto avvertimento.

Io risi, cominciando a correre, la neve che si sollevava tutta attorno a me. Mi girai per guardarmi alle spalle e il fiato mi uscì in una grossa nuvola.

Maledetto!

Non aveva nemmeno bisogno di correre, le sue lunghe falcate lo tenevano dritto alle mie calcagna.

«Non è nemmeno faticoso per te, vero?» esclamai senza fiato. Corsi più veloce, inciampando su una radice sotto la neve e finendo dritta a terra di faccia.

Mi piantai nella neve fresca e morbida.

«Ahh!» Era ghiacciata!

Si infilò sotto l'orlo della mia giacca e lungo la mia gola. Nello spazio tra i miei guanti e le mie maniche e sui miei polsi. Rimasi a terra solo per un istante, però, perché Boone mi sollevò subito via dal freddo e tra le sue braccia.

«Ops. Stai bene, piccola?» Il suo caldo sguardo castano mi scorse in viso preoccupato mentre mi spazzava via la neve di dosso.

«Sì. Adesso sì.» Mi sollevai in punta di piedi e gli baciai il naso. Le guance fredde. Le labbra morbide contornate dalla barba ispida.

Adoravo sentirmi accudita con lui. Marty avrebbe riso della mia caduta. L'avrebbe presa come una vittoria nella corsa. O peggio, mi avrebbe dato dell'imbranata. E, ovviamente, non sarebbe riuscito a sollevarmi semplicemente da terra e tra le sue braccia come se non fossi pesata nulla, come aveva appena fatto Boone. A prescindere da cosa pensasse di sé stesso, lui non era così forte.

«Ahh, capisco.» Bone si incamminò, continuando a tenermi in braccio. «Era solo un modo per farti portare in braccio per tutta l'escursione.»

Io risi. «No. Posso camminare.»

Lui scosse la testa, un sorriso che gli curvava le labbra. «Non esiste, bellezza. Sei tra le mie braccia, adesso, e non ho intenzione di metterti giù. Quindi paga la corsa con una canzone.»

Pagarmi la corsa con una canzone

Risi. Eravamo nel bel mezzo del nulla. Non c'erano altro che alberi, montagne e neve tutto attorno a noi. «Okay. Devi immaginartela anche con la mia chitarra.»

«Voglio sentirla *a cappella*. Solo la tua voce perfetta, come farai questa sera al concerto. E quando torneremo a casa, ti spoglierò, ti scoperò per bene e ti metterò la mia chitarra tra le mani per sentirla anche così.»

Se qualche parte di me avesse avuto freddo per via della neve o dell'aria pungente, ormai ero scaldata a dovere. Mi dimenai tra le sue braccia, eccitata dalla sua promessa. Eccitata dal suo interesse nella mia musica. Eccitata da tutte le attenzioni che mi rivolgeva che non mi sembravano affatto soffocanti. Sembravano solamente... be', premurose.

Trassi un respiro, ascoltando degli accordi di chitarra immaginari nella testa per darmi un ritmo. Poi cantai una delle mie canzoni più lente: un pezzo malinconico che avevo scritto riguardo a un giorno di pioggia e dei sogni irrealizzabili.

Boone non stava nemmeno guardando dove andava. Il suo sguardo era fisso sul mio volto, rapito. Meravigliato, perfino, mentre cantavo per lui.

Quando ebbi finito, lui mi mise lentamente a terra. «Per la luna, l'hai scritta tu?»

Annuii, arrossendo compiaciuta.

«Summer, è incredibile.» Scosse la testa con... meraviglia? «Devi cantare questa sera. Come fai a non avere un contratto discografico?» La sua espressione si fece determinata. «Otterremo un contratto discografico per te.»

Io emisi una risata incredula. «Davvero? Così e basta?»

«Sì. Conosco qualcuno del settore. Una vecchia cliente. Posso contattarla. Hai dei campioni o una demo o come le chiamano?»

Io sbattei le palpebre. Ci trovavamo *nel bosco* e lui stava facendo tutti quei progetti? Sembrava che quando il suo grosso cervello si metteva all'opera su un'idea poi ci desse dentro. «Uhm. No. Cioè, ce l'avevo, ma il mio computer ce l'ha Marty. Non erano vere canzoni, comunque. Dovrei andare in un vero studio di registrazione per inciderle e lui aveva detto...» Mi interruppi, sentendomi nauseata.

«Aveva detto cosa?» ringhiò Boone, sfiorandomi la guancia fredda con un dito. Non aveva nemmeno bisogno dei guanti.

Fui travolta dalla rabbia. Avevo creduto a quello stronzo. Ora, a distanza di mesi e vivendo con gente che teneva a me, capivo che aveva fatto tutto parte delle sue manipolazioni.

«Aveva detto che non ero pronta.»

«Come se potesse giudicarlo lui, cazzo?» sbottò Boone.

«Infatti. Era solo un poliziotto stronzo a cui piaceva la musica country.»

Ooops. Riuscii a scorgere l'intelligenza nello sguardo di Boone mentre catalogava il fatto che mi fossi lasciata sfuggire che Marty era un poliziotto. Dovevo fare attenzione a non incoraggiare il suo desiderio di vendicarsi di Marty, per quanto lusinghiero potesse essere.

«Quella canzone è pronta,» disse lui. «Tu sei pronta. La gente ha bisogno della tua musica. Ti troveremo un contratto e il mondo non sarà mai più lo stesso.» Si fermò e si girò, così che potessi vedere dove stava indicando. «Ecco gli alberi.»

Io seguii il suo dito fino a un'ampia distesa di piccoli pini, piantati in file ordinate.

«Sono quelli piccoli?» chiesi.

«Non proprio alberelli, ma hai ragione, sono ancora troppo piccoli per essere venduti. Questi alberi hanno circa tre anni. Saranno pronti fra altri tre.» Mi mise a terra, mi prese per mano e mi condusse lungo un pendio. Alla nostra destra c'era un'altra vasta rete di alberi. Era chiaro che quelli fossero stati piantati, a differenza della foresta naturale che avevamo attraversato dal suo cottage. «Questo lotto ha quattro anni. Gli alberi pronti per quest'anno sono un po' più in là.» Indicò in direzione di due cottage di legno, più grossi del suo, con del fumo che usciva dai comignoli. «Lì è dove vivono Ace e Roy. La casa più grossa è quella in cui siamo cresciuti e ci vive Ace. L'edificio sul retro è casa di Roy, che ha anche il suo studio da falegname.»

Sollevai lo sguardo su di lui per leggere la sua espressione. I suoi due fratelli vivevano assieme, ma Boone aveva scelto di costruire il proprio cottage lontano da loro. Lontano da tutti.

«Non andate d'accordo?»

L'espressione di Boone era di marmo. Fece spallucce. «Li ho abbandonati quando avevano più bisogno di me. Per cui sì, c'è qualche risentimento. Ma ci prendiamo comunque cura l'uno dell'altro.»

Io non avevo fratelli o sorelle, ma provai comunque dolore per lui. Riuscivo a percepire il suo senso di colpa e il suo rimpianto e avrei voluto strapparglielo via. Dargli un'opportunità per ricominciare. Con i suoi fratelli. Con il branco. Con me.

Con me.

Mi sembrava giusto.

Ero *io* il suo nuovo inizio. Se dovevo credere a ciò che aveva detto – e, onestamente, stavo cominciando a farlo – allora lui era disposto a fare dei cambiamenti. Sembrava non aver bisogno che fossi l'unica a dovermi fare pressioni per avere una relazione. A quanto pareva avremmo potuto essere partner.

O era solo quello che aveva detto per convincermi? Mi sarei tramutata in una sua proprietà una volta che mi avesse sposata, o si fosse accoppiato con me o cos'era che facevano?

Attraversammo il boschetto di alberi in direzione degli edifici. Sembrava magico: la neve morbida che ci cadeva in testa, i pini verdi che facevano capolino da sotto lo spesso manto bianco che li avvolgeva, mentre tenevo Boone per mano.

Per la prima volta da anni, cominciai a comporre una canzone nella mia testa.

La neve cade sui pini.

La tua mano stringe la mia.

Non c'è momento migliore

di questo.

Seguii la creatività, lasciando che mi risuonasse nella testa, conoscendo già le note che avrei cantato.

Era un segno che la prima canzone che avessi composto da anni fosse sopraggiunta subito dopo aver conosciuto Boone?

Mi sembrava un buon presagio. Boone mi aveva ispirata. Mi faceva sentire al sicuro e – Dio, speravo – mi avrebbe concesso lo spazio che mi serviva per essere creativa.

«Stai bene?» mi chiese. «Sei silenziosa laggiù.»

«Quaggiù?» Risi, piegando indietro la testa e incrociando il suo sguardo. «Non sono così bassa! Però sì, sto bene. Sto lavorando a una canzone nella mia mente.»

Lui piegò la testa e le sue labbra si incurvarono divertite. «Ah sì? Fantastico. Non vedo l'ora di sentirla.»

Avevamo ormai raggiunto il cottage più vicino e Boone esitò prima di bussare alla porta per poi aprirla.

Due uomini, entrambi grossi e imponenti quanto Boone, sollevarono lo sguardo dal tavolo da pranzo, dove erano stati sparsi quelli che parevano dei bozzetti di mobili.

Nessuno salutò. Si limitarono a fissarci.

«Ciao, ragazzi. Lei è Summer. La mia compagna.»

19

BOONE

MENTRE CHIUDEVO la porta alle nostre spalle, Ace e Roy si alzarono dalle loro sedie, fissando Summer con diffidente sorpresa. Roy allargò le narici mentre inalava il suo odore.

Mi lanciò un'occhiata sconvolta e io assottigliai lo sguardo.

Sì, era umana, stronzo. E allora? Ringhiai, stringendo il braccio attorno a lei.

Summer si irrigidì, sollevando lo sguardo su di me.

Giusto. Ringhiare avrebbe potuto spaventarla. Specialmente quando non sapeva perché cazzo lo stessi facendo.

«Ti sei accoppiato?» chiese Ace. Aveva due anni meno di me, era più basso di qualche centimetro e pesava parecchi chili in meno. Il che significava che era grosso e ben piazzato, ma non era un gigante come me. Teneva i capelli scuri tagliati corti e lo stesso valeva per la sua barba. Aveva il sorriso facile, sebbene raramente lo indirizzasse a me. Per fortuna, ne offrì uno alla mia compagna mentre avanzava e le porgeva la mano da stringere. «Quando? Perché non ce l'hai detto?»

Feci spallucce. «È appena successo.»

«Ti sei persa nel bosco, dolcezza?» le chiese Roy. Lui era il più piccolo di età, ma più grosso di Ace di dimensioni. Teneva i capelli scuri, che gli arrivavano alla mandibola, spesso raccolti, come in quel momento. Non aveva la barba, ma spesso lasciava passare un giorno o due tra una rasatura e l'altra. «Io sono Roy, a proposito.» Strinse la mano a Summer subito dopo.

Quella era la casa in cui ero cresciuto. Non mi piaceva venire lì. Era il luogo che racchiudeva i miei peggiori ricordi. Negli anni dopo l'esilio di nostro padre, però, Ace aveva spazzato via ogni traccia di quell'uomo e apportato dei cambiamenti. Ammodernamenti. Il bianco alle pareti. Una cucina moderna e, quel giorno, l'odore di carne e aglio si levava dalla pentola sul bancone di granito. Nuovi mobili costruiti da Roy. Era diventata qualcosa di diverso, ma era difficile lasciar andare il passato.

«Ciao. Uhm, no. Perché?» chiese lei.

«Perché il nostro fratellone non scende dalla montagna,» spiegò Roy.

«Ci siamo conosciuti da Cody. Faccio la cameriera lì,» disse Summer.

Loro sgranarono gli occhi guardandomi. «Sei andato da Cody?» chiese Ace sconvolto.

Summer spostò lo sguardo tra di noi e io mi sfregai la nuca, avendo l'impressione che una cosa così semplice come andare in un bar il sabato sera fosse una pazzia. O forse ero io quello pazzo. «Già.»

«Diamine. Noi non riusciamo nemmeno a trascinarti alle riunioni di gruppo con noi e tu sei sceso fino in città.» Ace scosse la testa. Guardò Summer. «Nostro fratello è un po' timido. Non gli piacciono i posti affollati.»

Lei rise per poi lanciarmi un'occhiata. Non fu un'occhiata di scherno, bensì gentile. «Oh, lo so. Ci stiamo lavorando, ma l'ho convinto perfino ad andare alla serata karaoke.»

I miei fratelli spalancarono la bocca. «Karaoke? Sul serio? Ti è caduto un albero in testa mentre lo abbattevi?» chiese Roy con un ghigno. Ace incrociò le braccia e rise.

Stava scherzando, ma la cosa mi ferì un po'. «Se trovare la mia compagna è come farsi colpire in testa da un albero, allora sì. Avrei dovuto farlo prima se mi avesse condotto da Summer.»

I miei fratelli sembravano esterrefatti. Non li biasimavo. Non accadeva mai nulla di molto emozionante nella mia vita e, negli ultimi giorni dall'ultima volta che li avevo visti, erano successe parecchie cose.

«Wow, Summer. Sei un'ottima influenza per nostro fratello,» commentò Roy.

Su quello ero d'accordo.

«Perché non vi unite a noi stasera?» offrì lei. «Noi... cioè, io aprirò il concerto dei Gatti del Fienile a Missoula. Io, ehm... canto.»

«Canti?» dissi io. «Piccola, non sminuirti.» Lanciai un'occhiata ai miei fratelli. «È un'artista. Una cantautrice. La sua voce è fantastica e non sono affatto di parte solo perché è la mia compagna. Anche Natalie la pensa così. Il resto del Wolf Ranch che era presente ieri sera la pensava allo stesso modo.»

Loro sgranarono gli occhi. Non ero certo che fosse perché erano colpiti dal fatto che Summer avesse tanto talento o perché io stavo tessendo le lodi di una donna. Ed ero stato in città. Da Cody. Due volte. E avevo trovato la mia compagna.

Un sacco di cose sconvolgenti in una volta sola.

Passavo di rado a trovarli a meno che non ci fosse da parlare d'affari o Ace preparasse il suo famoso chili.

«Sarà una star, cazzo,» dissi loro e Summer arrossì. Io le feci passare un braccio attorno e le diedi un bacio sulla testa. «Venite a sentirla e sarete d'accordo.»

Ace e Roy si scambiarono un'occhiata.

«Non ce lo perderemmo,» disse Ace.

Roy annuì. «Passate a prenderci mentre scendete in città. Magari saremo noi i prossimi a trovare le nostre compagne.»

20

SUMMER

Essere di nuovo sul palco era fantastico. Non sapevo perché fossi stata tanto riluttante a tornare a esibirmi quando mi veniva naturale quanto respirare. Le luci. La folla. Tutto quanto.

Mentre cantavo la mia terza canzone sul palco del Boondocks, un grosso bar country/sala musica a Missoula, guardai il pubblico e ne assorbii l'energia. I miei amici erano sistemati vicino al palco. Eravamo venuti fin lì nel grosso pickup di Boone assieme a Ace e Cody, seguiti in carovana da Natalie, Rand e il resto dei nostri amici.

Boone era seduto davanti al centro, affiancato dai suoi fratelli. Tutti e tre erano carichi di muscoli e con un'aria protettiva, come se fossero le mie guardie del corpo. C'erano anche Natalie e i suoi compagni di banda, assieme a Rand, Cody, Riley, Rob, Willow, Colton, Marina, Johnny ed Emma.

Io indossavo un abito che Natalie mi aveva aiutato a scegliere: una gonna di jeans rosa con delle calze a rete nere, stivali neri e una maglietta corta nera. Indossavo il mio cappello da cowgirl nero con la fascia rosa che si abbinava alla mia gonna. A differenza di Los Angeles, il Montana sembrava proprio casa mia.

Conclusi l'ultima nota e la folla andò in delirio. Era un lunedì sera, per cui non avevo pensato che si sarebbe presentato nessuno a sentirci cantare, nemmeno in una città più grande, invece il locale era pieno e gli uomini in particolare stavano impazzendo per me, fischiavano e gridavano che ne volevano ancora.

Un tipo ubriaco si avvicinò al palco barcollando. «Canta una canzone per *me*, dolcezza.» Piegò la testa come a cercare di guardare sotto la mia minigonna.

Mi si contrasse il torace per l'ansia e sbagliai la strofa successiva, dovendo ricominciare. Quella storia avrebbe potuto finire male. Boone avrebbe scatenato una rissa? Avrebbe incolpato me per il comportamento di quel tipo? Quanto male potevano andare le cose?

Avevo almeno una dozzina di pessimi ricordi di scene come quella con Marty che dava di matto quando attiravo l'attenzione degli uomini. Mi ricordavo dell'evento stesso e delle ripercussioni per giorni.

Boone era già in piedi, il suo grosso corpo che si muoveva con grazia felina. «Sta' lontano dalla mia ragazza, amico.» Trascinò indietro il tipo posandogli pesantemente una mano sulla spalla, facendolo girare e dandogli una spinta nella direzione da cui era venuto.

Quando tornò a voltarsi dopo essersi assicurato che quel tipo non mi avrebbe più infastidita, mi fece l'occhiolino.

L'occhiolino.

Non era arrabbiato. Era lì per proteggermi. Il mio petto si scaldò. Sospirai, lasciando andare un respiro che non mi ero resa conto di aver trattenuto.

Il mio uomo lupo era protettivo. Possessivo, perfino. Ma non sembrava incolpare me dell'attenzione che ricevevo, come aveva fatto Marty.

Conclusi la canzone con una rinnovata sensazione di... libertà e chinai la testa di fronte ai loro applausi. Non riuscivo a smettere di sorridere. Dio, era meraviglioso! «Grazie mille a tutti. Ora, credo sia giunto il momento di lasciare il palco ai Gatti del Fienile,» dissi.

«Canta un'altra canzone!» gridò qualcuno dal fondo della sala.

«Un'altra canzone,» cominciò a cantilenare

qualcun altro. Molti si aggiunsero e presero perfino a battere i piedi dalla frenesia.

Quando mi resi conto che perfino Natalie e il resto dei Gatti del Fienile stavano scandendo la richiesta, risi e feci scorrere il plettro sulle corde della chitarra. «Volete un'altra canzone?» chiesi sorridendo.

«Sì!» urlarono tutti battendo le mani. Qualcuno fischiò.

Wow. Quel genere di attenzione avrebbe potuto presto darmi alla testa. Quella reazione era folle.

Incrociai lo sguardo di Boone e lui mi sorrise, annuendo per incoraggiarmi.

«Okay. Questa è una canzone che ho scritto sull'amicizia e il divertirsi,» dissi, cominciando a strimpellare a ritmo vivace.

Natalie esultò perché sapeva quale stessi per cantare. Era una canzone da festa che avevo scritto quando io e lei eravamo al college sulle uscite con gli amici e si adattava alla perfezione all'atmosfera da bar.

Riley aveva il cellulare in mano e mi scattò foto o registrò video mentre io cominciavo. Quando ebbi finito, avevo coinvolto metà del bar a cantare il coro assieme a me, con Natalie che li guidava perché conosceva la canzone a memoria.

Tutti erano in piedi. La folla esultava e io li ringraziai, salutai con la mano e poi scesi dal palco.

Boone fu lì a prendermi la chitarra e avvolgermi in un enorme abbraccio. «È stato fantastico, piccola.» Il frastuono era forte, ma lo sentii comunque. «Davvero. Sei incredibile.»

L'adrenalina pompava. Mi sentivo benissimo. Tuttavia, ero sempre critica nei confronti di me stessa. «Be', ho sbagliato un paio di volte—»

«Sei stata perfetta,» mi interruppe deciso. «Nessuno ha sentito alcun errore. Io no di certo. E se anche fosse, a nessuno è importato perché sei stata *perfetta*, cazzo.»

Mi si mozzò il fiato per via del suo elogio. Mi si riempirono gli occhi di lacrime. Le asciugai e gli sorrisi.

Boone era così diverso da Marty. Il mio ex mi aveva sempre fatto notare le cose che avrei potuto fare meglio. Tutti gli errori che commettevo. Si era comportato come se fosse stato il mio manager e avesse avuto intenzione di insegnarmi come migliorare. Mi resi conto, improvvisamente, che non eravamo mai stati alla pari. Marty si era visto migliore di me. Più vecchio, più saggio, più intelligente. Aveva avuto intenzione di "aiutarmi" con la mia carriera. In realtà, però, tutto ciò che aveva fatto era stato annientare il mio spirito.

Boone era un partner. Forse era molto più intelligente di me. Era di sicuro più forte. Più veloce. E un superuomo. Però non si comportava come se fosse stato migliore. Mi aveva permesso di legarlo. Di stabilire delle regole per lui. Voleva che mi sentissi al sicuro con lui proprio come io volevo che lui fosse sé stesso senza dover fare attenzione con me.

«Tutti qui si sono appena innamorati pazzamente di te,» disse Boone, dandomi un bacio in bocca. «Incluso me, e io ero già perso di te.»

Se fossi stata una luce, avrei brillato talmente forte che ci sarebbe stato bisogno degli occhiali da sole.

I membri dei Gatti del Fienile mi passarono accanto per salire sul palco, congratulandosi con me.

«Sarà impossibile suonare dopo la tua performance,» disse uno di loro. «Natalie, perché non abbiamo aperto noi il *suo* spettacolo?»

Io arrossii per l'elogio e Boone mi strinse.

Anche i nostri amici mi riempirono di complimenti quando mi sedetti mentre i Gatti del Fienile occupavano il palco. Ace sollevò una mano e io gli diedi il cinque. Roy mi fece l'occhiolino.

Era quello che mi ero persa quando mi ero sposata. Marty mi aveva isolata dai miei amici e dalla mia famiglia. Mi ero sentita così sola. Ora, avevo di nuovo una comunità. Avevo una famiglia.

Boone, però, si era isolato da solo prima che ci conoscessimo. Perfino dai suoi stessi fratelli. Si stava punendo per via del suo passato. Sapevo per esperienza personale quanto fosse orribile non sentirsi uniti alle persone cui si vuole bene. Non avrei più permesso che Boone si isolasse, ora.

«È stato epico.» Riley si sporse per farmi i

complimenti. «Ora pubblico il video sui social.» Sollevò lo schermo del proprio cellulare per farmi vedere il video di me che suonavo l'ultima canzone. «Hai un account che possa taggare?»

Scossi la testa. Dio, avevo perso del tutto l'idea di come pubblicizzarmi. Non sapevo da dove cominciare, dato che negli ultimi tempi non avevo avuto l'energia di fare altro a parte ottenere le carte per il divorzio, venire a Cooper Valley e guadagnare abbastanza soldi da rimettermi in piedi.

«Apriamone uno stasera,» suggerì Boone.

«Cosa?» risi io.

«Sì, piccola. Perché sarai famosa e avrai bisogno di un modo per raggiungere i tuoi fan.» Mi prese il cellulare dalla borsa e mi porse lo schermo davanti al viso affinché si sbloccasse. «Te lo preparo io.»

Mentre i Gatti del Fienile attaccavano con la loro prima canzone, un ritmo vivace con Natalie che suonava la melodia al violino, io mi sentii brillare ancora di più. Mi sentivo così accudita. Così supportata. All'improvviso, tutto mi sembrava possibile. Perfino la realizzazione di vecchi sogni che avevo lasciato morire.

21

BOONE

PER UNA SETTIMANA, le cose furono fantastiche. Quando Summer lavorava da Cody, io passavo a prenderla, arrivando un po' in anticipo per aiutarla a pulire. Poi passavamo la notte a casa sua al ranch di Rand e Natalie. Una sera, io avevo sostituito il letto con uno costruito di recente da Roy. Era fatto di legno che avevo tagliato io, sagomato e forte abbastanza da sopportare qualunque attività amorosa.

Quando Summer aveva la giornata libera, restavamo nel mio cottage in montagna. Io avrei potuto starmene seduto a fissarla per tutto il giorno. Diamine, avrei potuto tenermela nel letto, nuda, senza farla scendere mai più.

Però avevo alberi da tagliare e lei aveva canzoni da scrivere. Adoravo sapere che, dopo una dura giornata di lavoro all'aperto, avevo lei da cui tornare a casa.

La sua musica. I suoi sorrisi. Le sue grida di piacere quando la soddisfacevo.

Lei era meno timorosa, la sua diffidenza svaniva a ogni giorno che passava. Io le stavo dimostrando con le parole e le mie azioni che ero degno di fiducia, che avevo a cuore solamente il suo interesse.

Che, per quanto lei fosse mia, anch'io ero suo.

Durante una luminosa giornata di sole una settimana dopo la sua esibizione, tornai dalla falegnameria di Roy per trovare Riley seduta al tavolo della cucina assieme a Summer. Avevano delle tazze di cioccolata calda davanti a loro.

Sollevarono entrambe lo sguardo quando entrai, battendo gli stivali a terra per togliere la neve e sfilandomi la giacca.

Mi sedetti sulla panca accanto alla porta e tolsi gli stivali mentre salutavo Riley.

«Che bella sorpresa,» dissi. «Voi due state a casa di Cody qua in montagna?»

Lei annuì e sorrise. «Sì, per due notti. Cody si sta concedendo una meritata pausa.»

Poi arrossì, e né io né Summer avremmo potuto non notarlo. La loro pausa prevedeva sicuramente un sacco di sesso.

Mi alzai con le calze ai piedi e andai da Summer,

chinandomi a darle un bacio sulla testa, pronto a un po' di sesso anche per noi.

«Riley era venuta a dirmi che la mia canzone è diventata virale,» annunciò Summer, radiosa.

Io guardai la donna più giovane, che sembrava estremamente emozionata.

«Oh?»

Riley annuì con un sorriso e girò il cellulare per farmelo vedere. «È pazzesco. Ho pubblicato un video appena dopo il concerto la settimana scorsa. Poi ne ho aggiunti un altro paio. Il primo, con quell'ultima canzone divertente che hai suonato, ha più di un milione di visualizzazioni. E continua a salire!»

Guardai Summer, sperando che avesse lo stesso entusiasmo dell'amica.

«Te l'avevo detto che sarebbe piaciuto a tutti,» dissi.

Riley non era l'unica che andava pazza per la musica di Summer e che l'aiutava a promuoverla. La mattina dopo il concerto, avevo contattato Sara Mayes, una vecchia cliente che faceva la produttrice musicale, inviandole i link al post originale di Riley. Era lei quella cui avevo accennato a Summer, ma non le avevo detto di averla contattata. Adoravo il suo entusiasmo e il suo nuovo interesse per la musica e non volevo porre freno a nessuna delle due cose nel caso in cui Sara non fosse stata interessata.

«La gente sta usando la canzone per i propri post,» disse Riley, gli occhi fissi sul proprio telefono. «Non tengo tanto d'occhio i social come alcune delle mie amiche, ma perfino io so che è una follia.»

«Non sono sicura di cosa—»

Il mio cellulare squillò dal taschino della mia camicia. Lo tirai fuori e vidi che mi stava chiamando Sara. «Ciao, Sara.»

«Boone. Sono felice di averti trovato. Wow, quella donna che mi hai fatto vedere è un talento.»

Guardai Summer, che adesso stava chiacchierando a bassa voce con Riley, le teste vicine mentre guardavano il cellulare della ragazza.

«Te l'avevo detto,» risposi a Sara.

«L'ho ascoltata subito e l'ho adorata, ma dovevo andare a girare in Giamaica e sono tornata solo adesso.»

«Vita difficile,» borbottai io, ma alleggerii la battuta con una risata.

«Grazie a te,» ribatté lei. «Sono tornata a guardare la clip sull'aereo e porca puttana, ha fatto il botto. Quante chiamate ha ricevuto?»

«Chiamate?»

«Dai produttori. Sono certa di essermela persa.»

«No. Non l'hai persa. Sono certo che sia disposta ad ascoltare cos'hai da dire.»

Cazzo, ero così orgoglioso di Summer. La sua musica era desiderata per un talento che lei non sembrava rendersi conto di avere. Era rimasto rinchiuso per così tanto tempo che dubitava di sé stessa. Si sperava che adesso, con l'aiuto di Riley, riuscisse a vedere che non era apprezzata solo in un bar di Cooper Valley o una sala concerti a Missoula, ma in tutto il mondo.

«Fantastico.»

Poi, però, esitai, pensando a cosa avessi fatto. «Sara, non sei interessata perché pensi di essere in debito con me, vero?»

Lei rise. «Boone. È vero che sono in debito con te. Parecchio, ma questo? Lei? No. Non concederei un contratto musicale a una persona che facesse schifo. C'è anche la mia reputazione in gioco.»

Sospirai. «Okay. Giusto. Vuoi parlarle?»

«È lì?»

«È la mia ragazza,» dissi.

Riley e Summer sollevarono lo sguardo.

«Wow, Boone. Sono felice per te. E sì, voglio parlare alla tua ragazza che presto sarà una superstar.»

Io passai il cellulare a Summer. «Qualcuno vuole parlare con te.»

Lei prese il telefono accigliata. «Pronto?»

Riley si alzò e venne da me. «Va tutto bene?»

«Oh sì. È un'amica che—»

«COSA?» strillò Summer per poi balzare in piedi. «Volete una demo? Sì, posso prepararla. Decisamente. Oddio!»

Se non avessi saputo chi era al telefono e cosa le

stessero offrendo, sarei andato nel panico. Summer era turbata, agitata e... merda, stava piangendo.

«Sì. Io... sì. Oddio! Sì! Subito!» Mi piaceva ciò che stava dicendo a Sarah, ma avrei voluto che lo dicesse a me la prossima volta che l'avessi fatta venire.

Lei riagganciò e si girò verso di me. Mi fissò, una lacrima che le scorreva lungo la guancia, un sorriso in volto.

«Cosa? Che è successo?» chiese Riley.

Summer si leccò le labbra e la guardò. «Il tuo video è stato visto da una produttrice. Vuole una demo per decidere se farmi un contratto. Potrei ottenere un contratto discografico.»

Riley abbracciò Summer e cominciò a saltellare su e giù. Io ridacchiai.

Non ricordavo l'ultima volta che mi ero sentito così. Ero così felice, cazzo, perché la mia ragazza era felice. I suoi sogni erano i miei sogni e io li avrei realizzati in ogni maniera possibile.

22

SUMMER

CANTICCHIAI tra me preparando la cena mentre Boone si faceva la doccia. Stavo facendo formaggio grigliato e una zuppa che avevo trovato nel freezer in un contenitore con l'etichetta ZUPPA. Mentre scongelava, avevo scoperto che si trattava di carne e verdure e l'odore pungente stava riempiendo il cottage. Riley se n'era andata dopo che le avevo promesso che l'avrei tenuta aggiornata.

Forse avrei ottenuto un contratto musicale.

Io.

Mi portai la spatola al viso come un microfono e cantai un paio di strofe prima di girare i panini imburrati.

Ero felice. Follemente, esageratamente felice.

Un contratto musicale.

UN CONTRATTO MUSICALE. Aspetta. Durante la nostra passeggiata nella neve la settimana prima, Boone aveva accennato al fatto che conoscesse qualcuno del settore. Era questa Sara quella persona? Ero stata così emozionata e sopraffatta che non avevo fatto due più due fino a quel momento.

Spensi la fiamma sotto la zuppa e i panini al formaggio grigliato e andai alla porta del bagno. Riuscivo a sentire l'acqua scorrere. Bussai piano, poi entrai. La stanza era calda e piena di vapore.

«Boone?»

Lui fece capolino dalla tendina della doccia. Aveva i capelli bagnati e insaponati, sparati in tutte le direzioni. «Va tutto bene?»

«Sì. Stavo pensando...» Mi lasciai andare sulla tavoletta del gabinetto chiusa.

Lui rimise a posto la tendina e cominciò probabilmente a risciacquarsi via lo shampoo dai capelli.

«Chi è questa Sara? Ero troppo emozionata per ricordarmi il suo cognome.»

«Sara Mayes,» disse lui.

Il bagno aveva i muri bianchi, con delle piastrelle bianche a ricoprire il pavimento e fino a metà delle pareti, e un mobiletto col ripiano in marmo. La vasca da bagno con le gambe a forma di zampa sembrava vecchia, come se Boone l'avesse trovata da qualche parte e installata lì per dare un tocco vintage. Funzionava. Si adattava perfettamente allo stile del cottage. Sotto i miei piedi c'era un morbido tappetino da bagno.

«Giusto. Hai accennato al fatto di conoscerla. Quindi l'hai contattata tu?»

L'acqua si chiuse e, un attimo dopo, la tendina a strisce bianche e beige venne tirata indietro del tutto.

Ecco Boone. Nudo. Bagnato. Dio, era bellissimo.

Lui uscì sul tappetino e prese un asciugamano.

«Sì. Era una mia cliente quando lavoravo a New York. Ho pensato potesse essere interessata.»

Si passò l'asciugamano tra i capelli, asciugandoli, ma sparandoli in tutte le direzioni.

Una volta finito, si avvolse l'asciugamano attorno alla vita.

Seduta, io ero molto più bassa.

«Non, uhm, non lo sta facendo perché siete amici, vero?»

Ovviamente, a me che importava? Una richiesta di una demo era una richiesta di una demo, anche se fosse stato il mio bellissimo taglialegna a richiedere qualche favore. Però io volevo sapere come stavano le cose.

Lui mi prese per mano e mi trascinò fuori dal bagno. Io mi sedetti sul letto mentre lui andava al comò – che ovviamente era stato realizzato da Roy – e ne tirava fuori un paio di boxer. Si tolse l'asciugamano e se li infilò, mostrandomi un'ottima visuale del suo culo sodo prima di coprirlo col cotone.

Mi dimenticai di cosa avessi chiesto e forse perfino di come mi chiamasse mentre gli sbavavo addosso.

«No. Gliel'ho chiesto perfino io quando ha chiamato. Ha detto che non offrirebbe un contratto a qualcuno che non le piacesse al cento per cento.»

«Quanto bene la conosci?» Stavo ancora cercando di capire come mi avesse messa in contatto con una *produttrice musicale*. Era incredibile.

«Be'...» Il suo volto si adombrò.

Mi ricordai che aveva detto di aver lasciato il suo lavoro per via di qualche guaio. Lei c'entrava qualcosa?

Si girò, venne al letto e si sedette accanto a me. Il letto si inclinò al punto che io gli finii contro. La sua pelle era calda e umida, perfino attraverso la felpa.

«Lavoravo per un grosso fondo speculativo, gestendo i soldi dei ricchi. Lei era una delle mie clienti.»

«Ma?»

Boone mi rivolse un sorriso mesto. «Mi conosci piuttosto bene.»

Allungai una mano verso la sua, rispondendo al sorriso. «Ci sto arrivando.»

«Lei lavora per una grossa casa discografica fuori New York. Una volta, è venuta nel mio ufficio e mi era chiaro che qualcosa non andasse. Era agitata e nervosa. Forse fu per via della mia fantastica personalità, ma sono riuscito a convincerla a raccontarmi cosa la turbasse.»

«Fantastica personalità?» Sorrisi. «Va' avanti.»

«Ha detto di avere uno stalker e pensava di essere stata seguita fino a lì. Pensava che fosse un musicista al quale aveva rifiutato un contratto. Era diventato ossessionato da lei. Ha detto che probabilmente era innocuo, ma a me era chiaro che fosse spaventata a morte.»

«Che cosa terribile.»

«Ho detto che l'avrei accompagnata fuori e avrei parlato con quel tipo se l'avessimo visto.» Fece spallucce. «Sono un tipo grosso. So essere persuasivo.»

«Ovvio che l'hai fatto.» Non conoscevo Boone da tanto, ma tutto di lui mi suggeriva che fosse un gentiluomo, perfino con le donne con cui non usciva. Senza dubbio si sarebbe offerto di proteggerla.

Lui trasse un lungo respiro e lo trattenne.

Io mi voltai, piegando un ginocchio così da girarmi verso di lui. «Che c'è?»

Boone chinò il capo, abbassando lo sguardo sulle proprie mani. Il suo corpo era così grosso, i muscoli così spessi che pareva scolpito. I peli scuri sul suo petto erano morbidi. La sua pelle calda. Era grosso, ma gentile. Vigoroso, ma... Dio. Protettivo.

«Sono uscito con lei e siamo rimasti lì fuori mentre lei aspettava un taxi. Come previsto, lei l'ha scorto appoggiato a un edificio dall'altro lato della strada. Ci stavamo comportando come se non l'avessimo visto e abbiamo attraversato, fingendo di chiacchierare. Quando ci siamo avvicinati, lui si è infilato in un vicolo. Io l'ho inseguito. Sono veloce. Molto più veloce di un umano.»

Il cuore mi batteva forte in petto a sentire quel racconto, sebbene fosse successo tanti anni prima. Avevo la sensazione che fosse successo qualcosa di brutto. Qualcosa che Boone rimpiangeva. Mi si era già stretto il cuore per lui.

Dio, era amore?

Ero già innamorata di quell'uomo?

Lo ero. Oddio. Lo ero.

«E poi?» insistetti quando lui smise di parlare. Ero senza fiato.

«Be', l'ho raggiunto.»

Perché Boone sembrava tanto afflitto?

«Lui... uhm aveva un coltello e mi ha pugnalato.»

Io gli strinsi la mano. «Cosa?»

Fece spallucce. «Era una ferita superficiale. Ma il mio lupo ha dato di matto. Sai, vivevo in una grande città. Il mio lupo non aveva molto modo di sfogarsi. Ti ho raccontato delle corse con la luna piena, ma a volte abbiamo bisogno di correre per sfogare l'energia repressa. Ci fa sentire molto meglio, ma è praticamente impossibile farlo a New York. Io vivevo tra gli umani pensando di essere del tutto al sicuro, ma quando ho raggiunto quel tipo, ho perso il controllo. È stato come quando avevo lottato contro mio padre, solo che quel tipo non era un lupo.»

Fissai Boone con occhi sgranati, quasi impaurita a sentire il resto. «L'hai ucciso?» riuscii a chiedere.

Boone si passò una mano sulla barba. «Quasi. Avrei potuto. Facilmente. Lo stavo pestando. Sara urlava il mio nome, cercando di farmi smettere.» Scosse la testa. «Poi... Cazzo, avrei potuto fare del male a lei...»

Attesi, ma Boone smise di raccontare la storia. Guardava dritto davanti a sé con sguardo annebbiato, come a rivivere quel momento.

«Che è successo?» sussurrai.

Lui abbassò lo sguardo a terra, poi su di me. La sua espressione era carica di rimpianto. «Lei si è infilata tra noi.» Scosse la testa. «È stato pericolosissimo, cazzo. Ma suppongo che i miei istinti di protezione abbiano preso il sopravvento su quelli distruttivi, e ho riacquisito il controllo. Lui è finito in ospedale con tutte le ossa rotte.»

Deglutii con forza. «Sei stato arrestato?»

Lui scosse la testa. «No. L'hanno ritenuta autodifesa. Tutti festeggiavano come se fossi stato un cazzo di eroe. Ci credi? Il mio capo era al settimo cielo, ma non aveva importanza. Io sapevo di aver chiuso con New York City.»

Mi accigliai. «Cosa intendi?»

«Che quello che era successo era sbagliato. Io che

perdevo il controllo a quel modo. Mi resi conto di essere un pericolo per gli umani che avevo attorno. Non ero mutato spontaneamente, ma avevo comunque permesso che fosse il mio lupo a prendere il sopravvento. Avevo mostrato la mia forza sovrumana. E poi, avevo ricevuto quella coltellata che era guarita nel giro di pochi giorni e avevo dovuto fingere che così non fosse stato. È stato un disastro e mi sono reso conto di dovermi tenere alla larga dalla civiltà.»

«Sara sa che sei un mutante?»

Lui scosse la testa. «No. Come ho detto, non sono mutato. Ha solo pensato che fossi fortissimo. E forse giusto un po' pazzo.»

«Quindi sei tornato qui per quello?» Cioè lassù in montagna, isolato.

Lui annuì. «Ho quasi pestato a morte un'altra persona.»

Pensava di essere un pericolo per la gente. Dopo ciò che aveva fatto a suo padre e poi a quello stronzo.

«Oh, Boone.» Lo presi per mano. «Tu non sei un pericolo per la civiltà. Hai saputo quando tirarti indietro. Quando Sara si è messa fra te e lo stalker, ti sei fermato. Sei un protettore.»

Mi resi conto che Boone non avrebbe potuto essere più diverso da Marty di quanto mi fossi mai immaginata. Boone era stato esagerato sin dal primo momento che ci eravamo conosciuti. Aveva mostrato il proprio potere all'epoca e sin da allora. Rompendo il letto. Portandomi in braccio nella foresta. Trattenendosi più e più volte per assicurarsi che stessi bene, che potessi fidarmi di lui.

Marty era stato dolce e gentile all'inizio. Affascinante. Mi aveva conquistata con sorrisi, regali e ottime bugie. Poi, la sua vera personalità era venuta fuori. Cupa. Egoista. Cattiva.

Boone si era sempre mostrato per ciò che era. Perfino quando era stato difficile ammettere certe cose di sé. Non le aveva mai nascoste. Non aveva esitato nemmeno una volta ed era fantastico.

Marty le aveva nascoste ed era stato terribile.

Mi stavo innamorando di Boone e cominciavo ad adorare il fatto di essere la sua compagna. Forse aveva fatto del male a quello stronzo a New York, ma io sapevo di essere al sicuro con lui.

Lui scosse la testa. «No. Non posso controllare me stesso e la mia forza. Divento selvaggio. Feroce. Sono pericoloso.»

Io balzai in piedi, così da pararmi davanti a lui e salirgli in braccio. Le sue mani corsero ai miei fianchi e posai le mie mani sulle sue spalle.

Attesi fino a quando i suoi occhi scuri non incrociarono i miei. Vi scorsi sofferenza. Senso di colpa. Timore. Preoccupazione. Aveva paura di farmi del male, il che significava che io ero l'unica che poteva liberarlo da quella sensazione. Fargli mollare la presa e voltare pagina. Se io stavo ricominciando daccapo, allora poteva farlo anche lui. «Hai fatto la cosa giusta. Hai protetto Sara quando ne aveva bisogno. Hai tenuto testa a tuo padre quando ti stava bullizzando.»

«Ho pestato un uomo.»

«Sì, be', lui ti ha accoltellato! E avrebbe potuto accoltellare invece Sara, o peggio. Se lo meritava.»

Boone sbatté le palpebre, ma rimase in silenzio.

«Se lo meritava,» ripetei io. Gli presi le guance tra le mani. *«Se lo meritava.»*

I suoi occhi scuri scrutarono i miei per un minuto, poi afflosciò le spalle. Appoggiò la fronte alla mia. «Piccola, grazie.»

«Non devi più trattenerti così, Boone,» gli dissi.

Lui aggrottò la fronte.

«Ti porti dentro un sacco di senso di colpa. E se fosse semplicemente giunto il momento di... lasciar perdere? Lasciarlo andare? Tornare nel mondo dei vivi?»

«In quel *mondo dei vivi* ci sei tu?» La sua voce si incrinò.

Annuii.

«Sì?» Incurvò un angolo delle labbra verso l'alto.

Io deglutii, annuendo ancora. Il cuore mi batteva nel petto nel riconoscere che cosa mi stesse chiedendo. «Io... mi sono innamorata di te, Boone.»

«Pur... pur sapendo che cosa ho fatto?»

Annuii, dopodiché lui mi afferrò i fianchi e mi fece voltare, sdraiandomi sul letto e incombendo su di me.

Sorrisi per la facilità e delicatezza con cui mi maneggiava.

«Ti amo, Summer.»

Persi il fiato mentre le sue labbra calavano su di me e lui mi baciava come se avesse voglia di divorarmi.

23

BOONE

SUMMER INARCÒ quel dolce corpo contro il mio mentre io abbattevo le mie labbra sulle sue. Mi dissi di essere delicato, ma quel messaggio non stava arrivando dal mio cervello al mio corpo. La necessità di rivendicarla mi aveva reso febbrile, ma era più che biologia. A lei sembrava piacere. Bramava quel contatto tanto quanto me.

Era amore. Quel sentimento decisamente umano che in qualche modo avevo evitato fino a quel momento.

Lei era la mia compagna, ma io ero anche follemente innamorato.

Summer vedeva me. Mi vedeva davvero. Non per ciò che pensava dovessi essere o avrei dovuto essere, ma per ciò che ero. Vedeva e conosceva i miei fallimenti e voleva comunque stare con me. Vedeva le mie ferite e voleva aiutarmi a guarirle.

Non aveva paura di me. Summer, la donna con un ex stronzo.

«Piccola, ho bisogno di te,» mi ritrovai a dire un attimo prima di strapparle a metà la felpa.

Cercai di controllare la mia forza, di placare la mia aggressività, ma l'odore dell'eccitazione di Summer riempiva la stanza e fui perso.

Grazie al cielo indossavo solo i boxer.

«Sono tua,» mormorò lei, aiutandomi a sganciarle il reggiseno. Grazie al cielo anche per i gancetti frontali.

Le sbottonai i jeans e glieli calai lungo i fianchi assieme alle mutandine.

«Oh *diamine*.» La sua risata fu ansante.

«Ho bisogno di infilarmi dentro di te. Di scoparti. Di farti venire.» Avevo perso ogni capacità di ragionare. Quelle parole rozze mi uscivano semplicemente di bocca.

«Anch'io ne ho bisogno.» Allargò le ginocchia per me.

Io ringhiai, baciandola lungo il corpo. «Grazie al cielo.»

Il cazzo mi pulsava e gonfiava i boxer. Chinai la testa tra le sue gambe per banchettarvi, succhiandola e leccandola con tanta passione che persi ogni sfumatura.

A lei non sembrava importare. Impennò i fianchi e si dimenò e le sue grida di fecero più disperate.

Cominciai a infilarle un dito dentro, ma lei mi strattonò i capelli. Io sollevai lo sguardo lungo il suo corpo nudo per incrociare i suoi occhi azzurri. Lei scosse la testa.

«No. Voglio il tuo cazzo. Ti voglio dentro di me.»

Oh, diamine. Non doveva ripetermelo due volte e ciò che la mia ragazza voleva, lo otteneva.

Mi alzai e mi tolsi i boxer.

La stanza prese a girare. Irradiavo calore a ondate. Sapevo che i miei occhi dovevano brillare di un verde chiaro, mostrando il mio lupo.

Summer non sembrava avere paura, però. Sembrava delirante quanto me.

Io tornai sul letto e le sollevai un ginocchio verso il corpo per fornirmi pieno accesso. La sua fica era bagnata, rosea e aveva un odore fantastico, cazzo.

«Vuoi questo?» ringhiai, sfregando la punta dell'uccello sul suo clitoride gonfio.

«Sì,» gemette lei, sollevando i fianchi.

Prima che potessi anche solo pensare di modulare la mia forza, la trafissi con la mia erezione.

Lei trasalì, il suo corpo che si impennava sul letto prima che io allungassi di scatto una mano per afferrarle la gola. Non immaginavo che mi piacesse fingere di strozzare qualcuno durante il sesso, ma di certo l'avevo scoperto adesso, cazzo.

«Bellissima,» mormorai, costringendomi a rallentare le mie spinte dentro e fuori di lei. «La mia incredibile, talentuosa, dolce e bellissima compagna.»

Lei sorrise prima di aprire la bocca e lasciar cadere la testa all'indietro mentre io mi sbattevo più a fondo.

«Boone,» gemette. I suoi muscoli interni mi stritolarono il cazzo in una morsa.

«Oh, cazzo,» borbottai io.

Lei mi strinse di nuovo e il mio controllo si sgretolò.

«Cazzo, piccola.» Mi sbattei più forte dentro di lei. La stanza prese a vorticare attorno a noi. «Cazzo, cazzo.»

Lei contrasse di nuovo i muscoli, spronandomi.

«Per il destino. Sei fantastica. Non riesco... Io... Summer—» Persi la ragione. Avevo bisogno di rivendicare la mia compagna. Di farla mia.

Nient'altro aveva senso per me.

«Hai intenzione di marchiarmi?» ansimò Summer.

Sbattei le palpebre diverse volte, con forza. Il sudore mi colava dalla fronte. I nostri corpi ondeggiavano insieme, madidi.

«Cosa?»

Avevo sentito bene? O il mio lupo mi stava giocando degli scherzi?

Mi aveva *chiesto* di marchiarla?

O ero diventato selvaggio?

Summer non sapeva della rivendicazione. Non le avevo ancora spiegato del morso di accoppiamento perché era stata così irrequieta, specie all'idea di appartenermi. Comprensibile dopo ciò che aveva passato. Eppure, sapeva che ero un mutante. E non glielo avevo detto io.

Dovette rendersi conto della mia confusione perché spiegò: «Me lo ha detto Natalie.»

Grazie al cielo. In realtà ero sollevato dal fatto che sapesse, soprattutto in quel momento mentre ero affondato dentro di lei fino alle palle. Avrei dovuto ricordarmi di farmi stilare una lista di tutto ciò che aveva imparato dalla sua amica. Riempire qualunque vuoto perché non doveva esserci nulla tra noi.

«Ho bisogno...» Non riuscii a formulare altre parole per concludere quella frase. Al mio cazzo non importava perché il mio corpo aveva messo il pilota automatico, sbattendosi dentro Summer come se lei fosse stata la mia strada per il Paradiso. «Devo... devo...» Fui colto dalla disperazione. E se avessi commesso un altro errore? E se il mio lupo avesse assunto di nuovo il controllo o io fossi diventato selvaggio? E se lei non avesse voluto il marchio?

«Smettila di pensare,» disse lei. «Fallo.»

«Summer!» gridai io, per darle un'ultima occasione di ripensarci o per farle capire in qualche modo di non essere certo di potermi più trattenere.

«Marchiami, Boone!» esclamò lei.

Fui percorso da un'ondata di panico. Non potevo... le avrei fatto del male. Il mio lupo era pericoloso. Avrebbe potuto—

Non ebbe importanza cosa pensassi perché mi si erano già allungati i canini, pronti a infondere per sempre il mio odore nella sua pelle.

«Sss...» Cercai di parlare, di dire il suo nome. Volevo ragionare con Summer. Con me stesso. Volevo rallentare le cose, ma non ci riuscivo.

«Dico davvero,» asserì lei. «Fallo.»

Era troppo tardi. I miei testicoli si contrassero. Il seme mi schizzò fuori dall'erezione. Persi la vista, dopodiché sentii il sapore del sangue mentre le mordevo la spalla.

Summer!

Lei fu scossa dalle convulsioni sotto di me, urlando.

Aspetta... no. Gemendo?

I muscoli interni di Summer fremettero attorno al mio cazzo, spremendomi fuori il seme. Stava godendo. Porca puttana, stava venendo e urlava il mio nome. Dimenandosi sotto di me dal piacere. Spremendomi il cazzo così che le riempisse la fica di altro mio seme.

Con attenzione, delicatamente, rimossi le zanne

dal muscolo della sua spalla mentre scivolavo dentro e fuori di lei con spinte lente. Lei era così piena del mio sperma che colava fuori, ricoprendo noi e il letto.

«Piccola,» gracchiai. Leccai via il sangue, sfruttando la mia saliva per accelerare il processo di guarigione. «Cazzo, piccola. Ti prego, dimmi che stai bene?»

Sollevai la testa per vedere meglio il suo bellissimo viso.

«Sto bene,» ansimò Summer, un sorriso post-orgasmico in volto, ebbra e felice.

«Davvero? Cazzo, non avevo intenzione di marchiarti stanotte. So che avevi problemi con le mie rivendicazioni e lo rispetto e—»

Summer mi posò le dita sulle labbra. «Sto bene. L'ho voluto io. Come ho detto, Natalie mi ha spiegato tutto.»

Mi si strinse la gola dall'emozione. Grazie al cielo. Stava bene. Non le avevo fatto del male. Almeno non troppo.

«Cosa... cosa ti ha spiegato?»

«Che appartieni a me, adesso.» Summer sollevò il mento. Alzando una mano, mi ravviò i capelli umidi. La sua carezza fu morbida, e immaginai che avrei provato la stessa sensazione quando avrebbe accarezzato il mio lupo per la prima volta.

La fissai. *Lei* stava rivendicando *me*? Sollievo ed esultanza si allargarono dal mio cuore a tutto il mio corpo. Non potei fare a meno di ridere.

«Eccome, cazzo, piccola. Ti appartengo. Ogni respiro che trarrò sarà per te.»

Gli occhi le si riempirono di lacrime e fui di nuovo attanagliato dalla preoccupazione. Mi accigliai, il mio sguardo che le scorreva addosso.

«Comincia a fare male? Ti ho scopata troppo forte?»

«No.» Emise una risata tra le lacrime. «Sono felice, e mi piace forte.»

Il cazzo mi si gonfiò dentro di lei perché anche a me piaceva farlo forte. O quantomeno come l'avevamo appena fatto. Proprio come stavo imparando cosa rendesse felice lei, stavo imparando cosa rendesse felice me.

«Cazzo, piccola. Sono così felice. Il mio lupo è felice.» Mi tirai fuori da lei, lo sguardo che le scorreva in viso, memorizzando ogni dettaglio perfetto. «Sei mia,» esalai.

Stavolta, invece di fare una smorfia o dare di matto, lei annuì, il palmo che scivolava giù per stringermi un lato del viso. Io girai la testa e glielo baciai. «Sono tua. Tu sei mio. Questo è il nostro inizio.»

Quello era il nostro inizio. Non riuscivo a crederci. Era quasi troppo bello per essere vero.

Il mio lupo, però, si era placato. Io ero del tutto legato alla mia compagna: unito, protettivo e con la necessità di provvedere a lei, ma quella disperazione selvaggia era sparita. Non avrei ceduto al delirio da luna piena.

«Credo che la nostra cena si sia raffreddata, però,» disse lei.

Ridacchiai. «'Fanculo la cena. È te che ho intenzione di divorare.»

E feci proprio così. Più di una volta.

24

SUMMER

ERO FELICE. Non riuscivo a ricordare di essere mai stata così felice. Avevo degli amici. Natalie, ovviamente, ma anche tutto il gruppo del Wolf Ranch mi aveva accolta. E non perché fossero tutti mutanti, dato che non lo erano. Audrey e Marina erano sorelle ed erano umane. Charlie, Becky e Riley e... avrei potuto proseguire, ma i nomi non avevano importanza. Erano tutti miei nuovi amici.

«Un altro boccale, per favore e grazie,» richiese un tipo con una camicia coi bottoni a scatto e uno Stetson facendomi l'occhiolino. Era di nuovo sabato sera: il tempo passava in fretta quando i giorni e le notti erano piene di sesso, amore e appartenenza. Sebbene fuori nevicasse, il locale era pieno. Un po' di maltempo non spaventava più di tanto gli abitanti del Montana. Se così fosse stato, si sarebbero rinchiusi in casa per otto mesi l'anno.

Allungai una mano verso il centro del tavolino alto e afferrai il boccale vuoto. «Arriva.»

Mi feci strada tra la folla salutando alcuni volti familiari e posai i bicchieri e le bottiglie vuote sul bancone del bar. Cody mi raggiunse.

«Riempimi questo, per favore.»

Lui annuì, sistemò il boccale assieme agli altri sporchi e cominciò a riempirne uno pulito. Nel mentre, mi lanciò un'occhiata. «Tutto a posto?»

Io sorrisi, cosa che sapevo non avrebbe mancato di notare. «Sì. Decisamente a posto.»

Lui si picchiettò il collo, proprio nel punto in cui ero stata marchiata sul mio. «Immaginavo.»

Dopo che Boone mi aveva marchiata, avevo guardato quel punto allo specchio. Non era stato troppo indolenzito né c'era stata una vera e propria ferita aperta dove i suoi denti mi avevano perforato la pelle. Ora, c'erano solamente dei segni rossi. Una piccola cicatrice. Non sembrava un succhiotto, per cui gli umani che non sapevano dei mutanti non avrebbero pensato che fosse nulla di che. Cody, però, lo riconosceva per quello che era.

Boone era mio.

«Dov'è il tuo compagno stasera?» Chiuse il rubinetto.

«Coi suoi fratelli,» risposi sovrastando la nuova canzone proveniente dal jukebox. Era forte e metallica, con un basso potente che piaceva a tutti. «Avevano intenzione di andare in motoslitta con Johnny e Rand, prima. Poi a fare qualcosa da uomini. Guardare sport in TV o roba simile. Verrà a prendermi prima della chiusura.»

E a riportarmi a casa mia e, si spera, ad approfittarsi ringhiosamente di me.

Era una cosa nuova per Boone – fare qualcosa di divertente coi suoi fratelli e altri mutanti – ma era una buona transizione perché l'avevano fatto su in montagna dove lui si trovava più a suo agio. Stava lavorando a *rimettersi in pista* ed ero fiera di lui.

«È fantastico. Magari voi due potreste venire a cena una sera che non sono di turno. Riley era emozionatissima quando mi ha raccontato di come le tue canzoni siano diventate virali online.»

Avevo sentito di nuovo la produttrice musicale, che voleva ascoltare una demo ufficiale e incontrarmi.

Arrossii e roteai gli occhi. «Già, è di certo la mia social media manager.»

«Sei brava, Summer. Forse sarà stata lei a pubblicarlo, ma la gente adora ciò che fai.» Posò il boccale pieno davanti a me.

Io sorrisi di nuovo, quella volta non per via di

Boone, ma per me. Cody mi stava facendo un complimento e a me piaceva. Certo, a tutti piacevano i complimenti, ma la mia musica era stata soffocata così a lungo che era soddisfacente sapere che a gente come Cody piaceva davvero. Anche milioni di visualizzazioni ne erano la prova.

«Mi farebbe piacere.»

«Ottimo.» Picchiettò le nocche sul bancone. «Dopo aver consegnato quello, puoi prendermi degli stracci puliti dal magazzino? Li stiamo finendo.»

«Certo, nessun problema.»

Mi allontanai, boccale in mano, canticchiando la mia ultima canzone, che mi era venuta in mente quando io e Boone avevamo camminato nei boschi. La melodia stava prendendo forma – se non altro nella mia testa – perfino con la musica a volume alto nel locale. Dopo aver lasciato la birra, svoltai verso il retro. Nel magazzino, accesi la luce e trovai il cesto con gli stracci puliti.

La porta si chiuse sbattendo e io mi voltai di scatto, spaventata. Il mio canticchiare fu sostituito da un sussulto.

Lì in piedi c'era Marty. Taglio corto alla militare. Barba ben rasata. Pelle abbronzata. Occhi di ghiaccio. Capelli biondi. Fisico basso e tozzo.

Il cuore mi batteva all'impazzata e mi formicolava la pelle per via della scarica di adrenalina che mi aveva provocato vederlo dopo tutti quei mesi.

«Ciao, Summer.» La sua voce era come la ricordavo. Profonda. Piatta. Provocatoria. «Ti è mancato tuo marito?»

La mia prima reazione fu di panico. Mi aveva condizionata a placarlo quando era di quell'umore. Ero finita col temerlo. Poi, però, mi ricordai dov'ero. Chi ero diventata. Non mi importava di tenerlo tranquillo. Non mi importava che cosa pensasse di me. Non gli avrei più permesso di fare il prepotente con me.

«Che ci fai qui?» Feci trapelare tutta la rabbia possibile nella mia domanda.

Lui assottigliò lo sguardo. Il mio cuore prese a battere forte, riconoscendo il pericolo. «Non posso passare a trovare mia moglie?»

Odiava continuasse a ricordarmi che eravamo ancora sposati. «No. Non stiamo più insieme.»

Lui scosse lentamente la testa. «Ti sei divertita un po'. Ora è il momento di tornare a casa.»

Quell'uomo delirava. «Non esiste. Stiamo divorziando.»

«Solo se io firmerò le carte, cosa che non ho intenzione di fare.»

Strinsi i denti. «Otterrò comunque il divorzio, anche se tu dovessi contestarlo. Devi andartene. Non voglio stare con te. Non mi piaci nemmeno.»

Lui fece spallucce. «Sei sempre stata così

drammatica, Summer. Volubile. Guardati, lavori in un bar. Riesci a malapena a badare a te stessa.»

«Me la sto cavando benissimo,» dissi con più rabbia che paura, ormai. Come osava presentarsi lì! Avevo chiuso con il suo bullismo e la sua prepotenza. Avevo chiuso col farmi in quattro per uno stronzo in modo da mantenere la pace. Avevo chiuso con *lui*.

«Vivendo in un piccolo paesino del Montana? Lavorando come cameriera in un posto dove gli uomini ti sbavano addosso? Ho visto come ti ha fatto l'occhiolino quel tipo. A *mia* moglie.»

«Non so di che tipo stai parlando—»

«Appunto. È tutta la sera che flirti con gli uomini.»

«Non. Sono. Affari. Tuoi, Marty. Non stiamo insieme. Posso flirtare con chi mi pare.»

«Quindi ti stai prostituendo?» Strinse la mascella. Riconoscevo quell'espressione. Si stava incazzando. Ciò significava pericolo.

Avrei potuto farlo buttare fuori da Cody se fossi riuscita a superarlo. «Devi andartene, Marty. Abbiamo chiuso. Ho una nuova vita, adesso. Canto, ho un—»

«Già, canti. Ho visto il video online. Che cazzo indossavi? Hai visto i commenti che hanno lasciato gli uomini? Parlano tutti delle tue tette. Non della tua canzone. Migliaia e migliaia che vogliono scoparsi *mia moglie*.»

«Non sono tua moglie!» sbottai.

Lui si avvicinò di un passo. Eravamo nel

magazzino. La porta chiusa. Ma io non ero sola. A Los Angeles, mi aveva isolata dai miei amici per farmi dipendere da lui. Lì, avevo un'intera comunità che gli avrebbe fatto il culo se mi avesse toccata, a cominciare da Boone.

«Lo sei. Legalmente.»

«Non per molto.»

«Non divorzieremo. Tu sei mia. Vuoi prostituirti facendo soldi con la tua musica, d'accordo, ma quei soldi sono miei.»

Oddio. Probabilmente aveva visto il video. Forse non lui perché non guardava video musicali, ma qualcuno alla stazione di polizia. Sapeva del mio successo, di come la gente stesse reagendo. *Ecco* come mi aveva trovata. Mi aveva scoraggiata per anni e *adesso* voleva far parte della mia carriera? Voleva i soldi. I cazzo di soldi.

«Hai detto che non ero ancora brava abbastanza. Suppongo ti sbagliassi sul mio conto.»

Lui avanzò e si parò dritto davanti a me. Io non indietreggiai, ma sollevai il mento così da incrociare il suo sguardo. Non si avvicinava minimamente alla stazza di Boone. In effetti, sembrava scheletrico in confronto. Però era comunque qualche centimetro più alto di me e sapevo quanto fosse crudele.

«Ora porterai quel tuo culo da puttanella in macchina e ce ne andremo da questa maledetta cittadina insignificante.»

«Io non vado da nessuna parte con te.» Ero fiera del fatto che la mia voce non stesse vacillando.

«Eccome se lo farai,» sbottò lui.

Mi chinai e scartai per aggirarlo, ma lui mi afferrò per i capelli e mi strattonò all'indietro.

Io urlai per via del dolore allo scalpo, dimenandomi per spintonarlo.

Poi lui mi tirò un ceffone, lo schiocco che rieccheggiava tra le pareti della piccola stanza. Mi portai una mano alla guancia. La sua fede nuziale mi aveva tagliato la pelle e mi tamponai il rivolo di sangue. Quando girai la testa per guardarlo negli occhi, vidi la pistola.

Era la sua pistola di servizio. Lui non era in servizio. Non si trovava nemmeno nello stesso Stato in cui faceva l'agente di polizia.

«Andiamo, Summer,» sbottò. In tutto il tempo in cui eravamo stati sposati, non l'avevo mai visto così. «Ne ho abbastanza delle tue sceneggiate. Prova a farne un'altra e sparo a qualcuno. Sarà colpa tua.»

La sua presenza mi dava le vertigini. Ciò che aveva in mente. Lo schiaffo. Il mio cervello fece due rapidi calcoli. Sapevo dal racconto di Boone che Cody avrebbe potuto ricevere una pallottola e sopravvivere, ma non sapevo quanti clienti là fuori fossero mutanti. Magari nessuno. Se avesse sparato a loro o a me, saremmo morti.

Anche se Cody fosse riuscito a sentire il mio grido

sopra la musica, non potevo rischiare di chiedere aiuto. Non con Marty di quell'umore e con la pistola sfoderata.

Lui mi afferrò per un polso e spalancò la porta del magazzino, trascinandomi lungo il corridoio verso l'uscita di emergenza. Io sbattei una mano contro il muro per non cadere prima che uscissimo nel parcheggio sul retro. E in una bufera di neve.

25

BOONE

MI ERO DIVERTITO con Ace e Roy e i ragazzi del Wolf
Ranch. Non andavo in motoslitta da anni, però ero
riuscito a farlo solo per un certo lasso di tempo prima
di dire loro che dovevo andare a prendere la mia
compagna.

Per fortuna, non avevano detto nulla a parte
salutarmi con la mano o darmi una pacca sulla schiena
prima che mi dirigessi giù per la montagna.

Avevo pensato che, visto che mi ero rivendicato
Summer, il mio bisogno di lei sarebbe diminuito. Che
ora che aveva il mio marchio, il mio odore addosso,
non sarebbe stato il mio cazzo a guidare ogni mia
azione. Che sarei stato sano di mente.

Mi ero sbagliato di brutto. Il mio cazzo voleva arrivare da Summer subito. Prenderla per mano, trascinarla nel magazzino e scoparla. L'ultima volta, le avevo solamente divorato la fica in quello spazio ristretto. Stavolta, l'avrei piegata a novanta e me la sarei presa da dietro e—

«Cazzo,» gemetti e guidai più in fretta. O meglio quanto in fretta potessi andare con la neve che cadeva a quel modo.

Ero grato che avesse accettato di farsi passare a prendere da Cody nel suo piccolo appartamento a casa di Rand e Natalie mentre lui andava al bar, invece di guidare in quelle condizioni. Dovevo prenderle un'auto migliore. Un SUV rialzato con un sacco di peso. Trazione integrale. Tutti i fronzoli sulla sicurezza possibili.

Fino ad allora, le avrei fatto felicemente da autista.

Quando entrai da Cody, andai al bancone a salutare il mio amico. Mi guardai attorno. «Serata affollata.» Mi aprii la giacca e cercai Summer.

«Eccome.» Cody si allungò sul bancone per stringermi la mano. «Felice per te.»

Sapeva che mi ero rivendicato Summer. Lo avrebbe notato qualunque mutante.

«Grazie.» Controllai la sala. «Dov'è Summer?»

Lui prese due bicchieri vuoti. «Era andata a prendermi degli stracci dal magazzino.»

Il magazzino. Cazzo, sì. Mi venne duro al solo pensiero di prendermela lì dentro come volevo.

«Vado ad aiutarla.»

Lui ghignò. «Certo. Suppongo che potete prendervela comoda, ma non rovinate niente là dentro.»

Risposi al sorriso, sfregandomi le mani. «Nessun problema.»

La gente mi fece largo mentre attraversavo il bar in direzione del corridoio sul retro. La porta del magazzino era aperta e ci entrai deciso.

Era vuoto. La scatola di stracci a terra era ribaltata. Non potei non cogliere l'odore della mia compagna. Era forte nella stanza, ma ne colsi anche un altro. Umano. Maschile. Ma quello era un bar e c'erano un sacco di umani, lì. Mi girai. Uscii in corridoio.

Annusai di nuovo, pensando che avrei seguito l'odore di Summer fino al bagno delle donne, invece, il suo odore si dirigeva dalla parte opposta, mischiato a quello dello stesso umano. Era più forte, lì: c'era meno confusione per il mio naso con altri odori perché non molti si avventuravano fino a lì nel retro. In quella direzione c'era solo l'uscita di emergenza.

Fissai la porta, poi di nuovo il magazzino.

La mia compagna era uscita dal magazzino e dalla porta sul retro con un maschio umano?

Mi si drizzarono i peli sulla nuca. Qualcosa non

andava. Il mio lupo ringhiò. Poi il mio sguardo colse qualcosa sulla parete.

C'era un rivestimento in legno che arrivava a circa un metro di altezza, ma al di sopra i muri erano verniciati di bianco. Un paio di foto incorniciate ritraevano immagini storiche di Cooper Valley.

Io non notai quelle. Notai la macchia di sangue. Mi chinai e l'annusai.

Summer.

Cazzo! La mia compagna.

Il sangue della mia compagna.

Un vero ringhio da lupo mi proruppe dalla gola. Qualcuno una volta mi aveva paragonato all'Avenger che si trasformava nell'enorme versione da mostro verde di sé quando si arrabbiava. Ero io adesso. uasi mutai spontaneamente.

Summer era in pericolo. Spalancai la porta d'emergenza, scardinandola. Fuori nel parcheggio, cercai la mia compagna. Non si vedeva da nessuna parte. Il suo odore non era nell'aria. Nevicava e soffiava il vento. C'erano delle orme, ma stavano scomparendo in fretta.

L'aveva presa. Doveva essere stato quello stronzo del suo ex. Summer non mi aveva detto che era in città o che sarebbe venuto, né che l'avesse contattata. Il che significava che non se l'era aspettato. Lui le aveva fatto del male e l'aveva portata fuori di lì con la forza.

L'avrei fatto a pezzi.

Corsi lungo la pista. Due paia di impronte. Conducevano a un parcheggio vuoto. C'erano tracce di pneumatici. Il veicolo aveva fatto retromarcia a destra, per poi girare a sinistra... verso l'uscita del parcheggio e sulla Main Street.

Quell'uomo aveva la mia compagna. Lei stava sanguinando. Non se ne sarebbe mai andata via con qualcuno senza dirlo quantomeno a Cody. E non sarebbe stata in grado di andarsene con qualcuno contro la propria volontà passando dal bar.

Strinsi i pugni. Il mio lupo scattò avanti. Non riuscivo più a sentire il suo odore.

Sin dalla prima volta che l'avevo colto lì al bar, mi ero trattenuto. Ero stato cauto. Per paura di farle del male o di spaventarla. Avevo camminato piano. Parlato piano. Scopato piano, perfino quando aveva detto che le piaceva forte.

Ora? 'Fanculo a tutto. Avevo chiuso col fare attenzione e andarci cauto. Ero stanco di fingere di poter fare qualunque di quelle cose perché il vero me, quello feroce, spietato e pericoloso, stava uscendo.

Gettai la testa all'indietro e ululai nella notte.

26

SUMMER

«Riportami indietro, Marty,» dissi dal sedile passeggero di una piccola auto. Era decisamente a noleggio perché era pulitissima e odorava di auto nuova. Marty non si sarebbe mai fatto vedere in un veicolo così economico a Los Angeles.

Rabbrividivo, le mani infilate in mezzo alle cosce. La guancia mi pulsava nel punto in cui mi aveva colpita. Covai solo per un istante il pensiero di aprire la portiera e gettarmi fuori dal veicolo in corsa, ma anche se fossi sopravvissuta all'impatto, nulla avrebbe impedito a Marty di fermarsi e spararmi.

Se fossi rimasta immobile, dubitavo che mi avrebbe uccisa visto che la sua intenzione era riportarmi a Los Angeles, ma non avrei ritenuto impossibile che mi sparasse a una rotula per impedirmi di scappare e incolparmi per averlo costretto a farlo.

«Riportarti a Cooper Valley?» replicò lui. «Cazzo, no. Quella città non è piena di altro che di perdenti e di campagnoli.»

Le sue mani stringevano il volante e stava cercando di gestire l'auto nel pessimo tempo atmosferico. Sebbene fosse un poliziotto, non c'era neve nella California del sud e lui non aveva idea di cosa stesse facendo. Dopo che scivolò per la prima volta, mi misi la cintura.

«Io non ti piaccio,» ribattei. «Pensavi che ti tradissi. Che mi vestissi da zoccola. Che non fossi in grado di cantare. Tutto ciò che facevo non andava bene. Ti ho fatto un favore lasciandoti.»

«Favore? Hai la minima idea di cosa pensa la gente al lavoro? Non posso farmi vedere.»

«La gente divorzia ogni giorno!»

«Io no. *Tu* no.»

«Io sì. Non voglio stare con te. Non ti amo. Diamine, non mi piaci nemmeno.»

Il suo sguardo feroce scattò su di me e lui perse la testa. «Tu sei mia moglie. Sei mia.»

Sei mia. Boone mi aveva detto quelle stesse esatte parole un sacco di volte. Inizialmente me l'ero presa proprio per quel motivo. Perché Marty era pazzo e, quando lo diceva lui, lo intendeva in maniera non consensuale, da rapitore.

Avendo tolto gli occhi dalla strada per posarli su di me anche solo per tre secondi, quando tornò a voltarsi si era ormai perso la macchina che sopraggiungeva. Corresse troppo la traiettoria e scivolò verso il terrapieno. Girammo una volta, compiendo un testacoda completo come su una giostra del luna park. Avevamo mancato l'altra auto che era ormai sparita. Loro sapevano come guidare nella neve.

Io avevo il cuore in gola e una mano sul cruscotto. Marty sbatté la sua sul volante. «Cristo, cazzo! Cos'è 'sto tempo di merda? Chi riesce a vivere in un congelatore come questo? Dobbiamo trovare un posto dove stare per la notte.»

Io non dissi una parola, ma fui sollevata. Ci avrebbe uccisi se avesse proseguito.

«Ho visto un motel vicino all'autostrada,» disse, sebbene non fossi certa che stesse parlando con me o tra sé. «Non può essere tanto distante.»

Un motel con Marty. Non potevo balzare giù nella neve per sfuggirgli. Non c'era nulla là fuori. Anche se non riuscivo a vedere al buio e tra la neve, c'erano solamente vaste praterie a entrambi i lati di quella strada a due corsie. Io non avevo una giacca. Degli stivali o un cappello. Avevo ancora il mio grembiule da bar avvolto attorno alla vita. Sarei morta nel giro di mezz'ora.

Un motel, però, significava che sarei stata bloccata in una stanza con Marty. Con un letto. E la sua pistola.

Tutto ciò che potevo fare era aggrapparmi alla speranza che qualcuno scoprisse che ero sparita. Cody si aspettava che tornassi con degli stracci. Diamine, si aspettava che svolgessi il mio lavoro. Non trovandomi, si sarebbe preoccupato.

Boone stava venendo a prendermi. Era la prima volta che mi sentivo grata del fatto che la mia piccola auto facesse pena nella neve, proprio come quella a noleggio. Boone sarebbe venuto a prendermi verso l'ora di chiusura e avrebbe dato di matto quando non fosse riuscito a trovarmi al bar.

Mi avrebbe cercata. Mi avrebbe seguita. Mi avrebbe trovata.

Doveva farlo.

27

BOONE

FECI IL GIRO DELL'EDIFICIO, seguendo le tracce di pneumatici nella neve che si mescolavano a quelle di tutti gli altri veicoli che erano andati e venuti dal bar. Non c'era modo di rintracciarla, nemmeno in forma di lupo. Non avevo il suo odore né sapevo da che parte fosse stata portata.

Entrai dalla porta d'ingresso. Avevo bisogno dell'aiuto di Cody. Ero abbastanza lucido da capire che non avrei dovuto piantare una scenata nel bel mezzo del bar, per cui rimasi sulla soglia e chiamai Cody. Urlai, ma non furono in molti a voltarsi perché il posto era rumoroso e pieno di gente. Cody, però, aveva un udito eccezionale e il mio grido sarebbe stato una sorpresa.

Lui sollevò subito lo sguardo dal boccale di birra che stava riempiendo. Doveva aver capito che qualcosa non andava perché lo posò, chiamò l'altro barista a sostituirlo e venne da me.

Mi spinse di nuovo fuori e, quando il rumore del bar venne attutito dalla porta chiusa e noi fummo soli nella neve, mi chiese: «Che succede?»

«Summer è sparita,» ringhiai. «Qualcuno l'ha presa.» Mi portai le mani ai capelli, strattonandoli.

Lui sgranò gli occhi. «Ma che cazzo? Era andata a prendere degli stracci.»

La rabbia mi rendeva difficile mettere insieme le frasi. Riuscivo a malapena a restare umano. «Il suo sangue...» Indicai l'uscita sul retro. «L'ha presa lui.»

«Sangue?» L'espressione di Cody passò da preoccupata a cupa. «Cazzo! Chi? Il suo ex?»

«Chi altri?»

«Non lo so. È diventata virale questa settimana. Potrebbe essere qualunque psicopatico. Forza. Ho delle videocamere di sorveglianza. Vedremo chi l'ha presa e che auto guida.» Si affrettò a tornare dentro.

Io provai a parlare, ma l'unico verso che mi uscì di bocca fu un ringhio sconvolto.

Cody si fermò e si girò. Indicò il lato dell'edificio. «Tu entra dal retro,» disse. «Non sei abbastanza stabile da gestire tutta quella gente.»

Aveva ragione, e grazie al cielo. Io non stavo ragionando lucidamente.

Trenta secondi dopo, lui aprì la porta sul retro, dove fissò il cardine divelto. «Sei stato tu?»

Io ringhiai e indicai il sangue sulla parete.

«Lo vedo.» Annusammo entrambi l'aria. L'odore di Summer c'era ancora, ma stava svanendo in fretta. «Era con un maschio umano.»

Sollevai il viso al soffitto ed emisi un ululato.

Cody mi sbatté una mano sulla bocca, soffocando quel suono angoscioso. «Non qui, Boone. Vieni nel mio ufficio.» Mi condusse dritto nella sua stanza in disordine. Tirò fuori il cellulare ed effettuò una chiamata. «Levi. Sono Cody. Vieni subito qui. Qualcuno ha rapito la compagna di Boone. Sì, avrò recuperato i video quando arriverai. Entra dal retro. Boone ha rotto la porta, per cui non si chiude a chiave.»

Posò il cellulare sulla scrivania, poi il culo sulla sua sedia da ufficio. Dopo aver avviato il computer, si mise all'opera mentre io facevo avanti e indietro a passi pesanti nel piccolo spazio a disposizione.

«La troveremo,» promise lui. Distolse lo sguardo dai video di sorveglianza che aveva recuperato e incrociò il mio sguardo. «Lo faremo. Hai tutto un branco a darti una mano.»

La registrazione comparve sullo schermo e il mio sguardo vi corse subito. Aveva installato delle videocamere sulla porta d'ingresso e su quella sul retro, mentre due puntate erano puntate sul parcheggio, per coprire ogni zona. Aprì le registrazioni della porta sul retro e le riavvolse di mezz'ora.

«Ecco!» Almeno fu quello che cercai di dire, invece mi uscì un ruggito. Cody smise di andare indietro.

Oh cazzo. Ecco Summer, che veniva trascinata per un braccio da uno stronzo esile. Era il suo ex. Lo sapevo perché l'avevo già stalkerato. Con quel poco di informazioni che Summer si era lasciata sfuggire, il suo nome, il fatto che fosse un poliziotto e ciò che sapevo di lei, avevo raccolto qualche informazione su quello stronzo. Avevo già memorizzato il suo volto nel caso in cui si fosse mai presentato lì.

Afferrai il cestino dell'immondizia di metallo accanto alla scrivania e lo accartocciai.

Cody vi rivolse una rapida occhiata. «Okay, sì. Quello non mi serviva. Senti, Boone, abbiamo il suo volto. Ora troviamo il suo veicolo.» Aprì la registrazione di una delle videocamere del parcheggio e la riavvolse di mezz'ora.

Nulla.

Io puntai un dito vero l'icona della registrazione dell'altra videocamera.

«Sì, arrivo.» Cody vi cliccò sopra per aprirla e riavvolse. «Eccoli.»

Guardai quello stronzo infilare Summer sul sedile

anteriore di una Chevrolet Spark blu e partire in direzione di Missoula.

«Non andranno molto lontano in questa bufera di neve con quell'auto,» borbottò Cody. «Specialmente sul valico. Levi può emanare un mandato di cattura—»

Io mi ero già strappato i vestiti ed ero mutato. Avrei rincorso quell'auto e ammazzato l'uomo che aveva toccato la mia compagna.

«Aspetta... Non sarai d'aiuto in forma di—»

Non attesi di sentire cosa avesse da dire, stavo già correndo nella neve alla massima velocità da lupo. Un lupo normale poteva correre fino ai settanta chilometri orari. La velocità massima di un mutante era ancora più alta.

In quel preciso istante, per via della neve, correvo al doppio della velocità delle auto sull'autostrada. Avrei potuto raggiungere quella Chevy Spark del cazzo. Corsi lungo un lato dell'autostrada, permettendo al mio istinto da lupo di guidarmi.

Tieni duro, piccola. Sto arrivando.

28

SUMMER

MARTY MI AMMANETTÒ al volante mentre prendeva una camera nel motel. Era vecchio, in stile cottage di legno e a un solo piano, con l'ingresso alle camere direttamente sul parcheggio. Io ero furiosa, frugai sul cruscotto alla ricerca di qualunque sistema di notifica di emergenza potessi usare per chiedere aiuto, ma non c'era nulla. Era solo una semplice auto economica a noleggio.

«Andiamo.» Fece ritorno, spalancò la mia portiera e si sporse per aprirmi le manette.

«Qual è esattamente il tuo piano, qui?» volli sapere. «Non ha senso, Marty.»

«Taci, Summer.» Armeggiò con la chiusura per via

della posizione scomoda. Io continuai a parlare mentre fissavo la sua pistola. Era di nuovo nella fondina. Pianificai di prenderla una volta avute le mani libere.

E avrei pure sparato allo stronzo.

Era fuori di testa. Non riuscivo a credere che un tempo mi fosse importato di lui. Che avessi creduto che tenesse a me. Non era in grado di tenere a nessuno se non a sé stesso.

«Non puoi tenermi prigioniera per sempre. Come immagini che funzionerà per te? Che in qualche modo ti farò guadagnare dei soldi con la mia musica, ma manterrò segreto il fatto che sia chiusa in casa con te?»

Finalmente lui aprì le manette, ma mantenne una presa ferrea sulla mia mano più vicina, richiudendomele attorno al polso.

Cazzo. Era ora o mai più. Continuai a parlare, sperando di distrarlo.

«Come pensi che la prenderanno i ragazzi alla stazione? Anche se suppongo che chiudano un occhio per un po' di violenza domestica, vero?»

«Ho detto, *taci!*» ringhiò Marty.

Fece per prendermi anche l'altro polso, per cui corsi il rischio, afferrandogli la pistola con la mano già ammanettata.

Riuscii a tirarla fuori dalla fondina, ma il suo pugno mi sbatté in faccia.

Il dolore esplose nella mia guancia e persi la vista.

Quando riacquistai i sensi, ero sulla spalla di Marty

mentre lui scivolava sul marciapiede innevato e apriva la porta del motel. Avevo i polsi ammanettati davanti a me e la sua pistola non era nella fondina.

Dannazione.

Marty entrò nella stanza e mi gettò sul letto. «Non muoverti,» ringhiò mentre chiudeva la porta. Inserì il chiavistello e tirò le pessime tende. Si calciò via gli stivali innevati.

Il viso mi pulsava così forte dove mi aveva colpita che riuscivo a sentire il cuore battermi nella guancia. Sollevai le dita per toccarmi la zona. Si era già gonfiata.

Marty era fuori di senno. Aveva perso del tutto la testa.

Quando prima mi ero messa ad assillarlo, mi ero resa conto della verità. Non appena avesse capito di non poter vincere in quella situazione, e non c'era modo che potesse mai funzionare – non esisteva che sarei mai tornata a casa e a fargli da moglie – l'avrebbe fatta finita. E non intendevo lasciandomi andare. Intendevo che avrebbe finito *me*. Magari entrambi, in una di quelle stupide robe da omicidio-suicidio che fanno i malati di mente.

Era quella vecchia mentalità contorta da "se non posso averla io, non può averla nessuno".

Per cui, dovevo liberarmi dalle sue cazzo di grinfie subito, prima che lo capisse. O quello, oppure dovevo fargli credere che sarei tornata a casa con lui e avrei fatto la brava mogliettina fino a quando non fossi stata in grado di fuggire. Probabilmente era troppo tardi per quello, però. Ormai l'avevo provocato troppo.

Chiusi gli occhi e rallentai il respiro, cercando di riflettere nonostante il dolore.

Dovevo riuscire a comunicare con Boone. Fargli sapere dove fossi.

Okay.

Dunque avrei atteso un'occasione per usare il telefono. Doveva pur andare in bagno o—

«Hai fame?» Cercai di usare un tono di voce noncurante, come se fossimo stati ancora marito e moglie e stessimo decidendo cosa mangiare per cena.

«Cosa? No!» sbottò lui. Faceva avanti e indietro, cacciandosi le dita tra i capelli, che adesso erano umidi per via della neve sciolta.

Io usai i piedi per scivolare all'indietro sul letto. Ero goffa da morire con le mani legate, ma quando la mia testa colpì la testiera, rotolai su un fianco e mi spinsi coi piedi fino a quando non riuscii a mettermi seduta e ad appoggiarvimi.

«C'era un distributore automatico nell'atrio?» chiesi.

Marty era un appassionato di merendine. Avrei potuto mettergli in testa di andare a prendere del cibo, dopodiché sarei stata in grado di fare una telefonata.

Marty mi ignorò, continuando a fare avanti e indietro.

Io tenni la bocca chiusa e gli diedi un po' di tempo.

Ero stata sposata con lui per anni. Se avessi insistito troppo, sarebbe stato palese. Avevo accennato al cibo e, prima o poi, il suo stomaco e la sua dipendenza dal cibo spazzatura avrebbero fatto il resto e lui sarebbe tornato nell'atrio. A quel punto avrei potuto chiamare il 911 dal telefono dell'hotel.

Mi forzai a rallentare il respiro. A placare lo shock e il dolore allo zigomo. Mi costrinsi ad essere paziente.

Marty si lasciò cadere al fondo dell'altro letto, accese la televisione e passò in rassegna i canali. Si fermò su uno dei film di *Mission Impossible*.

Quando arrivò una pubblicità degli Snickers, seppi che la TV stava facendo il lavoro al posto mio.

Marty alzò il volume al massimo. «Vado a comprare delle merendine.» Andò al comodino e strappò via il telefono dalla parete.

Cazzo!

Sfruttò il cavo per legarmi le gambe, dopodiché tirò via il mio corpo dal letto. Io caddi a terra con un tonfo. «Sono certo che stavi pianificando di svignartela mentre andavo a prendere del cibo.»

«No, ho solo fame.» Finsi di mettere il broncio.

Lui aprì le manette e le fece passare attorno alla gamba del letto, per poi richiuderle.

Non sarei andata da nessuna parte e, a meno che il cellulare non gli fosse caduto miracolosamente dalla tasca vicino alle mie mani, non avrei fatto nessuna telefonata.

Dannazione!

Marty uscì deciso e io trattenni le lacrime. Ero sola in una stanza di motel con il mio ex pericoloso. Nessuno sapeva dove fossi.

Datti una calmata, Summer. Pensa. Pensa!

Non potevo starmene lì a fare la vittima. Dovevo preparare un piano per quando fosse tornato.

Cercai di sollevare il letto per farci scivolare via le manette, ma era dannatamente pesante. Piegai il corpo in due per raggiungere con le dita il cavo che mi legava le caviglie.

Sì! Quello avrebbe potuto funzionare. Riuscivo a raggiungere il cavo. Rotolai su un fianco sulla moquette ammuffita e mi portai le ginocchia al petto per mettermi all'opera. Me l'aveva fatto girare un paio di volte attorno alle caviglie per poi fare un nodo. Le mie dita tremavano mentre allentavo le estremità per liberarlo.

Sì!

Strattonai il cavo, che non fece che stringersi, poi mi costrinsi a rallentare e a srotolarlo. Il cuore mi batteva forte e le dita mi tremavano. Quando l'ebbi liberato, infilai lo spinotto nella presa per telefono accanto alla mia testa.

Ora, se solo fossi riuscita a raggiungere il cellulare che aveva lanciato dall'altra parte della stanza. Magari coi piedi?

Allungai di nuovo il corpo e cercai di spostare il

telefono con le dita dei piedi. Riuscivo appena a toccarlo...

La porta si spalancò e Marty entrò con un paio di pacchetti di merendine e una lattina di soda. Il suo volto si contorse dalla rabbia quando vide cosa avevo fatto.

«Cosa cazzo credi di fare?»

29

BOONE

Scorsi l'auto in uno dei parcheggi del motel lungo il controviale dell'autostrada. Corsi in quella direzione. Il mio cervello umano sapeva che non avrei dovuto permettere che il mio lupo venisse avvistato in mezzo alla civiltà, ma il mio lupo voleva sangue.

Non me ne fregava un cazzo delle regole del branco in quel momento. Anch'io volevo sangue.

Corsi fino all'auto, poi rallentai per cogliere l'odore. La neve aveva attutito tutto, però. Cadeva ancora e la macchina ne era già ricoperta almeno da un paio di centimetri. Sarei passato davanti a ogni porta per trovare l'odore di Summer. Se non ci fossi riuscito, avrei fatto irruzione in ogni cazzo di stanza del motel fino a trovarla.

Ringhiai, vagliando le porte. La maggior parte della gente parcheggiava di fronte alla propria stanza. Speravo che l'avesse fatto anche quel perdente, specialmente visto che era un cazzo di stronzo del sud della California e non era in grado di gestire un po' di maltempo invernale.

Prima che potessi fare qualunque cosa, il Destino fu dalla mia.

Vidi un tipo entrare in una delle stanze del motel. Magro. Capelli biondi lisci. Aria da coglione. Marty. Stronzo della polizia di Los Angeles. Lo conoscevo dalla mia ricerca sul quel bastardo e lo riconoscevo dai filmati della sicurezza di Cody.

Era un uomo morto.

Morto.

Attraversai di corsa il parcheggio e mi scagliai sulla porta. Non cedette, ma io non mutai in forma umana. 'Fanculo la porta. Indietreggiai e feci irruzione dalla finestra, mandandola in frantumi.

Mi raggomitolai e rotolai, alzandomi in piedi in una pessima stanzetta d'albergo. Pareti beige, strane luci arancioni e moquette in tinta, ora piena di schegge di vetro.

Summer urlò dal punto in cui era sdraiata a terra.

Marty si girò per guardarmi da dove si trovava in piedi sopra di lei, il pugno chiuso e sollevato.

No, non l'aveva fatto, cazzo. *Aveva picchiato la mia compagna?*

Aveva. Picchiato. La mia. Compagna.

Fui accecato dalla rabbia. Ringhiai.

Marty spalancò gli occhi, sconvolto, poi fu travolto dalla paura.

Io balzai dall'altra parte della stanza, le mie zampe anteriori che spintonavano Marty via da Summer. Lui cadde a terra con un forte tonfo e i miei denti affondarono nella parte anteriore della sua gola. Con uno schiocco potente della testa, lo ammazzai.

Sentii il sapore delle sue budella, del suo sangue sulla lingua. Girai di scatto la testa per guardare Summer, che continuava a urlare.

Ringhiai, voltandomi per vedere dove fosse l'altro pericolo. Chi stava facendo urlare la mia compagna?

«Boone!» Quella era la voce di Levi. Alzai lo sguardo. Era in piedi sulla soglia, la porta abbattuta alle sue spalle. Le tende ondeggiavano attorno alla finestra rotta e la neve soffiava nella stanza.

C'era Levi. Indossava la sua uniforme da sceriffo, ma riuscii a vedere i suoi occhi cambiare colore. Il suo lupo era visibile, ma non tanto quanto il mio.

Lui non avrebbe fatto del male a Summer.

Ringhiai di nuovo, il pelo ritto, il sapore del sangue di Marty che mi rovinava la bocca. Mi gettai di nuovo su quello stronzo, mordendogli il fianco e sventrandolo per assicurarmi che fosse morto.

«Boone, muta!» Levi sfruttò il suo comando alfa su di me. Il suo vice umano, Kyle Abbott, era in piedi al suo fianco.

Il suo ordine non funzionò perché io ero molto più alfa di lui, cazzo, ma mi fece prestare attenzione.

Girai il muso insanguinato verso di lui, poi tornai a guardare la mia compagna.

Aveva il viso gonfio e livido, gli occhi sgranati dal terrore. Marty l'aveva bloccata a terra, ammanettata al cazzo di letto. Lei era in iperventilazione, il petto che si alzava e abbassava in rapidi ansiti.

Vederla a quel modo mi fece infuriare ulteriormente e ringhiai di nuovo contro il corpo di Marty. L'avrei fatto a pezzi. Non avrei dovuto ucciderlo così in fretta. Avrei dovuto farlo soffrire.

«Boone, stai spaventando Summer.» Levi infuse di nuovo comando alfa nella sua voce. Aveva allungato le mani, la pistola nella fondina.

Spaventando... Summer?

La guardai. Vidi la paura.

Oh no. La mia dolce compagna. L'avevo spaventata?

Era l'unica cosa che avevo cercato di non fare mai. Oh, merda.

Subito, mutai in forma umana e cercai di assimilare cosa fosse successo da un punto di vista a due zampe.

Cazzo! L'avevo lasciata lì inerme a terra mentre una bestia selvaggia faceva a pezzi il suo ex. Il mio primo istinto avrebbe dovuto essere quello di liberarla. Di abbracciarla. Di portarla in salvo. Invece, avevo ceduto ai miei istinti selvaggi e avevo ammazzato senza pietà qualcuno davanti ai suoi occhi. Non solo ferito gravemente come mio padre e lo stalker a New York. Ucciso.

Avevo assassinato il suo ex.

«Summer,» gracchiai, ripulendomi la bocca col dorso della mano.

Lei era ancora spaventata, perfino con me in forma umana. Ovviamente, ero ricoperto del sangue del suo ex marito. Avevo appena ucciso un uomo di fronte a lei. E lei non aveva mai visto il mio lupo fino a quel momento. Aveva anche solo compreso che ero stato io?

Corsi in avanti per sollevare il letto, così che non vi fosse bloccata. Nell'istante in cui fu libera, lei rotolò via. Io abbassai il letto e la alzai in piedi.

«Ecco.» Abbott aveva recuperato le chiavi delle manette dalla tasca di Marty e me le lanciò.

Mi sovvenne che non sembrava sconvolto dal fatto che fossi un lupo. Tuttavia, sua figlia, Riley, era accoppiata con Cody, dunque forse sapeva della nostra razza.

Mi sbrigai ad aprire le manette di Summer e allungai una mano per massaggiarle i polsi irritati. Avrei voluto stringerla, ma lei si teneva a distanza, lontano da me. Tremava e perfino da sopra il lezzo del sangue di Marty, riuscivo a sentire l'odore della sua paura.

La mia compagna aveva paura. Di me.

E avrebbe dovuto. Io ero pericoloso, cazzo. Proprio come avevo sempre saputo.

Per il destino, l'avevo appena rifatto! Avevo perso il controllo e mi ero spinto troppo oltre. Il mio lupo era un peso. Io ero un pericolo per la mia stessa bellissima compagna.

Cazzo, e se avessimo avuto dei cuccioli e io avessi fatto del male a uno di loro? O se li avessi anche solo traumatizzati dando di matto e uno di loro fosse stato minacciato?

Mi ricordavo ancora di quanto fossero rimasti traumatizzati i miei fratelli quando avevo quasi ucciso nostro padre.

Summer aveva lo stesso aspetto. Pallida. Inorridita.

Forse avrebbe superato la cosa, adesso che era libera dal suo ex, ma io non volevo vederla guardarmi di nuovo a quel modo, e sarebbe successo. E poi, non volevo che i miei stessi cuccioli mi guardassero con lo stesso timore. Non volevo mettere la mia famiglia nella posizione di sapere che ero un pericolo. Ero come un feroce cane da guardia di cui non ci si poteva fidare, che sarebbe potuto diventare selvaggio da un momento all'altro. Io *sarei* diventato selvaggio da un momento all'altro.

Feci un passo indietro per concederle spazio.

Calpestai del vetro rotto, ma non me ne accorsi se non dal rumore. La stanza doveva essere fredda, ormai. «Summer, mi dispiace. Cazzo. Non intendevo spaventarti.»

Lei era scioccata. Non sembrava in grado di parlare. Continuava solo a fissarmi con quei bellissimi e grandi occhi azzurri.

Io indietreggiai barcollando ancora un po', in direzione della porta, le mani sollevate. Quando vidi che erano coperte di sangue, me le lasciai cadere lungo i fianchi. «Mi dispiace. Sono troppo pericoloso. Io... avrei potuto ferirti. Se avessimo dei cuccioli e facessi una cosa del genere...» Mi si strinse la gola. «Non funzionerà.» Girai la maniglia e aprii la porta.

«Cosa?» La sua voce era un sussurro. La sua espressione era confusa.

«Resterò fuori dalla tua vita. Non ti meriti questo casino. Scusami.» Spinsi via Kyle e Levi, mutai e corsi fuori nella neve.

SUMMER

«ASPETTA! BOONE!» urlai dietro l'enorme lupo bianco e argenteo.

Il lupo grosso il doppio di un animale normale e probabilmente tre volte più feroce. Quello che era il mio compagno.

Sapevo che Boone era un mutante, ma fino a quando non era mutato dal vivo davanti a me, non era stato del tutto reale. Adesso lo era.

Era balzato e aveva *infranto una finestra del motel*. C'era vetro ovunque. La neve soffiava forte dentro la stanza.

Aveva spezzato il collo a Marty nello stesso istante

in cui gli aveva squarciato la gola. Marty era morto, disteso sulla pessima moquette.

Quando l'animale aveva fatto irruzione dalla finestra, avevo intuito che doveva trattarsi di Boone, ma ero comunque scioccata per aver assistito a una morte violenta.

Ora, percepivo la perdita di Boone come se avessi appena perso un arto. Lo volevo lì, a stringermi. A spiegarmi cosa fosse successo. A rassicurarmi che sarebbe andato tutto bene.

Invece, lui se n'era andato. Era letteralmente corso via.

E prima di andarsene, l'aveva fatta sembrare una cosa definitiva.

Resterò fuori dalla tua vita.

Tutto il mio corpo tremava e le lacrime mi scendevano lungo le guance. Come poteva dire una cosa del genere?

Non fosse che sapevo cosa stava pensando. Boone era profondamente convinto di essere un pericolo per le persone che amava. Aveva lottato contro suo padre ferendolo gravemente quando aveva avuto solo sedici anni. Gli adolescenti erano già drammatici da morire di loro, per cui i traumi subiti a quell'età davano forma a convinzioni su qualunque cosa. Lasciavano cicatrici che non guarivano.

Boone decisamente non era guarito. Poi aveva detto

di aver fatto del male a quello stalker a New York anni dopo. Ecco perché si era autoisolato in montagna.

Ne avevamo parlato. Avevo pensato che sarebbe stato in grado di superare la cosa, ma supposi di essermi sbagliata.

Maledizione a lui! Come osava abbandonarmi, specie in un momento del genere?

Le lacrime che non erano sgorgate durante tutta quella disavventura fuoriuscirono come un torrente in piena. Contrassi il viso. Fui scossa da un singhiozzo.

«Se n'è andato. Se n'è andato, cazzo.»

Lo sceriffo mi guardò dal punto in cui si trovavano sul cadavere di Marty. Non avevo incontrato nessuno dei due fino a quel momento, ma supposi che lui fosse uno dei lupi visto che aveva ordinato a Boone di mutare. Forse anche l'altro tipo, visto che l'aveva detto in sua presenza.

«Mi dispiace. Summer?» Scavalcò il corpo di Marty e mi porse la mano. «Mi chiamo Levi. Sono fratello di branco di Boone. Lui è Kyle, il suocero di Cody.»

Ciò voleva dire... il papà di Riley. Di certo sapeva dei mutanti, allora.

«Pare che ti abbia colpito per bene,» disse. «Ti serve che ti chiami un'ambulanza o vuoi che ti portiamo all'ospedale?»

Io sollevai una mano, feci una smorfia nel toccarmi la guancia, poi continuai a piangere. «Fa male, ma non c'è niente di rotto,» riuscii a dire tra i singhiozzi.

«Posso chiamare Audrey e dirle di venire da noi quando saremo tornati in città. Hai già conosciuto la dottoressa?»

Annuii, cosa che mi fece pulsare la testa.

Sapere che erano dalla mia parte mi aiutava. Avevo una sindrome da stress post traumatico per via di Marty e dei suoi amici poliziotti che sapevo non mi avrebbero aiutata se avessi mai chiamato il 911 quando diventava violento.

«Boone non avrebbe dovuto scappare via,» disse Levi, sfregandosi la nuca. «Lui, ehm, ha dei problemi da quando era giovane.»

A quello, piansi ancora più forte. Piangevo per Boone. Piangevo per la sua mancanza.

«Lo so,» tirai su col naso. «Suo padre. Non è una scusa per abbandonarmi quando ho più bisogno di lui.»

Sia Levi che Kyle fecero una smorfia. «Già, è stato brutto. Ma tornerà una volta che si sarà schiarito le idee. Altrimenti, gli metterò io un po' di sale in zucca.»

Le lacrime continuavano a scorrermi lungo le guance. Ero certa che in parte fosse uno sfogo dopo essere stata rapita e picchiata, ma tutta la mia concentrazione era rivolta al soffrire per Boone.

Mi aveva lasciata.

Abbandonata.

Come aveva *potuto*? Dopo tutte quelle volte in cui aveva detto *mia*?

Rabbrividii per via del freddo che entrava dalla finestra rotta e della scena grottesca sul pavimento.

«Merda. Sono felice che tu abbia chiamato, Levi. Ho ricevuto anche una telefonata da Cody. Come li hai trovati?»

Tutti e tre ci voltammo a quella voce.

Lì sulla porta c'era Rob Wolf e, al suo fianco, Willow, sua moglie. Stavano fissando il corpo senza vita di Marty.

«Avevamo diramato un mandato di ricerca per l'auto a noleggio e Cody ci ha detto da che parte dirigerci. Per fortuna, è stato facile individuarla dall'autostrada.»

Lo sguardo di Rob si spostò su di me. Quando notò il disastro che probabilmente era il mio volto, strinse la mascella. «Stai bene?»

Annuii.

«Boone?» chiese.

«Se n'è a-a... andato,» balbettai.

«Pensa di essere un pericolo per la sua compagna,» disse Kyle. Era decisamente aggiornato sulla questione dei lupi.

Rob si sfregò il volto e sospirò. «Cazzo.»

Willow venne da me e mi attirò in un abbraccio. Io ricambiai la stretta, sebbene non fu la migliore che avessi mai dato. Lei rimase la mio fianco.

«Lui è, uhm, il mio ex, be', mio marito è un poliziotto. Cosa faremo?» chiesi.

«Tu adesso vai con Willow,» disse Rob. «Ti porterà a casa e farà passare Audrey a dare un'occhiata alle tue ferite.» Abbassò lo sguardo su Marty e si posò le mani sui fianchi. «Questo? Ce ne occuperemo noi. Qua si applica la legge dei mutanti.»

Spostai lo sguardo su Levi, lo sceriffo, che annuì.

Forza dell'ordine umana o giustizia mutante? Forse rappresentava entrambe.

«Non so come spiegherei questa cosa alla polizia, in ogni caso,» dissi io. «Il dipartimento di polizia di Los Angeles non mi ha creduta quando mi stava letteralmente maltrattando e questa verità è piuttosto incredibile.»

Levi sorrise. «Allora è un bene che sia io la legge da queste parti, eh?»

Era finita con Marty. Era finita *per* Marty. Non dovevo più preoccuparmi di lui. Ero libera.

Non fosse che ero senza Boone.

Avevo pensato di volermi sbarazzare di Marty e di voltare pagina con la mia vita. Adesso, però, la mia vita era Boone.

Cosa avrei fatto senza di lui?

31

BOONE

Corsi nella neve senza una meta.

Avevo le zampe ghiacciate e insanguinate per aver colpito rocce nascoste. Non volevo smettere di muovermi, non *potevo* smettere di muovermi.

Correvo come se mi stessero inseguendo.

E forse era così. Ero rincorso dall'immagine della mia compagna spaventata. Dal mostro che ero diventato: un assassino.

La neve smise di cadere mentre salivo su una cima. Ero esausto, perfino in forma di lupo. Avevo corso a tutta velocità per miglia e miglia per raggiungere Summer, poi di nuovo per allontanarmi da lei una volta che avevo saputo che era al sicuro con Levi.

Mi riposai su un altopiano, guardando l'intera vallata. Con la mia spessa pelliccia, non avevo freddo. Sarei stato in grado di sopravvivere al più gelido degli inverni senza un riparo.

Dove sarei dovuto andare? Cosa avrei dovuto fare?

Cazzo.

Tutto ciò che volevo fare era continuare a correre. Vedere se fossi in grado di lasciarmi alle spalle il dolore e la delusione che provavo per me stesso in quel preciso istante.

Per il destino, avevo lottato per anni con ciò che avevo fatto a mio padre. Avevo perfino lasciato il branco, restandone alla larga per quasi otto anni. Poi, ero tornato per via di ciò che avevo fatto allo stalker di Sara. Summer mi aveva aiutato a capire che si era meritato di essere messo al tappeto poiché un potenziale pericolo per Sara, ma in ogni caso, io avevo comunque perso il controllo. Avrei potuto uccidere lui e Sara.

Quegli incidenti, però? Quelli non erano niente, *niente*, in confronto a ciò che avevo appena fatto.

Avevo ucciso un uomo. Avevo ucciso il marito di Summer. Lei stava cercando di ottenere il divorzio, ma lui era comunque legalmente il suo sposo. E io gli avevo lacerato la gola davanti a lei.

Nessun controllo. Nulla.

Solamente... una morte cruenta.

Il modo in cui Summer mi aveva guardato

inorridita... Mi sedetti sulle zampe posteriori e ululai al cielo, dove le nuvole stavano cominciando a diradarsi. La luna era dietro di esse, da qualche parte.

Summer. Cazzo.

Mi uccideva stare lontano da lei. Era ferita e spaventata. E io l'avevo lasciata da sola nel bel mezzo di quel casino. Però avevo dovuto andarmene perché ero stato io a spaventarla.

Come avrei fatto a vivere senza la mia compagna, però?

Lei era marchiata e rivendicata. Era mia.

Non l'avrei costretta a restare con me. Non volevo che fosse in trappola come lo era stata con Marty. Sarebbe stato molto peggio per via dei danni che ero in grado di infliggere io. Lei aveva visto quanto fossi letale. Spericolato. Selvaggio.

Ero peggio di suo marito.

Non la meritavo.

32

SUMMER

BOONE NON ERA TORNATO la sera prima. Rand e Natalie erano certi che l'avrebbe fatto. Pensavano che avesse solo bisogno di schiarirsi le idee, dopodiché si sarebbe presentato nel mio appartamento con la coda tra le zampe. Forse intendevano letteralmente, visto che era in forma di lupo quando se n'era andato. Io avevo temuto si sbagliassero perché conoscevo Boone.

Era rimasto lontano dal suo branco e dalla sua famiglia per anni dopo aver affrontato con violenza suo padre. Si era esiliato in un cottage in montagna dopo aver ferito quel tipo a New York.

Avevamo chiamato Roy e Ace la sera prima aggiornandoli su quanto accaduto e chiedendo loro se

241

avessero visto Boone. Non l'avevano visto, ma Ace era andato al suo cottage per vedere se ci fosse stata traccia di lui. Niente.

Io avevo chiamato Cody la sera prima per vedere se il pickup di Boone fosse ancora nel parcheggio del saloon ed era così. Ovunque fosse Boone, probabilmente era ancora un lupo.

Mandai un altro messaggio a Ace:

Si sa nulla di Boone?

La sua risposta sopraggiunse subito:

No. Ho passato la notte a casa sua nel caso fosse tornato, ma non c'è. Roy dice che non si è presentato neanche da noi.

Mi si riempirono gli occhi di lacrime.

Dannazione a lui!

Tirai giù le coperte e scesi dal letto. Mi sentivo così pesante. Il mio viso pulsava, facendomi venire il mal di testa. Marty mi aveva picchiata per bene, ma il dolore nella mia guancia non era nulla in confronto a quello nel mio cuore.

Audrey mi aveva visitata la sera prima e mi aveva fatto prendere un ibuprofene e applicato dell'arnica sull'ematoma per evitare il gonfiore, ma supposi che l'effetto fosse svanito perché adesso faceva un male cane.

Andai in bagno scalza e mi guardai allo specchio. Ahia. Ero io quella? Non fu il livido a sconvolgermi. Fu la mia espressione desolata. Non ricordavo di essere mai apparsa né essermi mai sentita tanto in lutto, nemmeno nel bel mezzo del mio tentativo di capire come sfuggire al mio matrimonio con Marty.

Il perché mi sembrava ovvio. Boone era presto diventato tutto per me. Così tanto più di Marty. Più di chiunque nella mia vita. Ciò che avevamo era un legame profondo a livello dell'anima. O un legame predestinato, supponevo avrebbe detto lui.

Non c'era da meravigliarsi che mi sentissi come se il cuore mi fosse stato strappato dal petto e infilato in un frullatore.

E improvvisamente, mi fu chiaro. Mi ero autocommiserata. Me l'ero presa con Boone per avermi abbandonata quando avevo avuto più bisogno di lui, ma non era vero.

Era *lui* ad aver bisogno di *me* adesso.

Lui *c'era* stato quando avevo avuto più bisogno di lui. Ora, toccava a me essere forte. Per *lui*.

Si stava tenendo alla larga per amore e senso di protezione nei miei confronti. Perché agiva sotto la presunzione errata di non essere sicuro per me.

Oh Boone...

Sono troppo pericoloso. Io... avrei potuto ferirti. Se avessimo dei cuccioli e facessi una cosa del genere...

Dio, mi sentivo malissimo per lui. Il mio cuore era a pezzi perché mi rendevo conto di quanto dovesse soffrire. Pensando il peggio.

Boone mi aveva salvata, come ero stata certa che avrebbe fatto. Mi aveva salvata e la mia reazione era stata di shock e paura. Ciò aveva riaperto la sua ferita più profonda. Il suo timore di farmi del male l'aveva spinto ad allontanarsi e a tenersi alla larga da me.

Dovevo capire come riprendermelo. Come rassicurarlo di non avere paura di lui. Che sapevo fin nel profondo che lui non avrebbe mai ferito me o i nostri... cuccioli.

Cuccioli. Che parola adorabile.

Dio, non avevo mai voluto avere dei figli in passato. O quantomeno non con Marty. L'avevo pensato perfino fin da subito, a livello inconscio, che lui sarebbe stato un pessimo padre.

Boone, però, sarebbe stato fantastico, cazzo.

E sì. Volevo avere dei cuccioli con lui.

Mi feci una doccia veloce e mi vestii, all'improvviso motivata. Dovevo trovare Boone. Lui aveva bisogno di me in quel momento e io non avevo intenzione di starmene rannicchiata a fare la vittima.

Scesi da Rand e Natalie per il caffè e li trovai nella cucina della fattoria. Natalie stava spalmando della marmellata su una fetta di pane tostato. La mollò e prese una tazza per me allungando un braccio verso la caffettiera.

«Ace ha passato la notte a casa di Boone, ma lui non è mai tornato,» annunciai senza nemmeno un *buongiorno*.

Natalie mi porse la tazza di caffè piena e vi versai un po' di panna. Sospirai.

«Cody ha controllato le videocamere di sorveglianza del parcheggio del saloon e dice che il pickup c'è ancora,» riferì Rand.

Mi sentii leggermente sollevata nel sapere che tutti stavano prendendo quella cosa sul serio. Non ero l'unica a tenere a Boone.

Cacciai indietro le lacrime. «Dove immaginate che sia? Pensate che sia stato investito da un'auto o qualcosa del genere?»

Rand scosse la testa. «Decisamente no. Ma anche se fosse, starebbe bene. Guarirebbe in fretta. I mutanti lupo sono molto difficili da uccidere.»

Giusto. Mi sentii ancora un po' più sollevata.

«Okay, dunque probabilmente non è ferito. Si sta solo...tenendo alla larga?»

L'espressione di Rand era seria. «Così pare.»

«Be', cosa possiamo fare? Come possiamo trovarlo? Non posso starmene seduta qui.» Non riuscii a trattenere la vena di disperazione nella mia voce.

Rand si tirò fuori il cellulare. «Chiamo Rob,» disse.

Rob. Bene. Lui era il lupo alfa. Lui avrebbe saputo che cosa fare.

Se non altro lo speravo.

Rand aggiornò in fretta Rob, dopodiché ascoltò. «Okay... sì. Mi pare un'ottima idea. Arriviamo subito.» Terminò la chiamata e guardò me e Natalie.

«Andremo a dargli la caccia, in stile lupo. Rob sta diramando un'allerta a tutto il branco. Natalie deve andare al lavoro, ma tu poi aspettare a casa di Rob mentre lo cerchiamo.»

«Mi darò malata,» disse Natalie, scuotendo la testa. «Questo è più importante.» Si allungò verso di me, e sprofondai tra le sue braccia, avendo un bisogno disperato di quel conforto.

«Grazie,» dissi con tono strozzato. «Voi due ci siete stati davvero tanto per me in quest'ultimo anno e vuol dire tutto per me.»

«Ma certo. Fai parte del branco.» Rand si unì a noi, rendendolo un breve abbraccio di gruppo. «Ora andiamo a trovare il tuo uomo.»

33

BOONE

MI SVEGLIAI ACCOCCOLATO in un cumulo di neve. La mia pelliccia e la banchina di neve l'avevano reso un nido caldo, protetto dall'aria e dal vento freddi.

C'era silenzio. Solo bianco ovunque attorno a me.

Purtroppo, quell'immobilità e quel silenzio non placavano il frastuono nella mia testa.

La sera prima, avevo corso per ore senza prestare attenzione a dove stessi andando. Mi spinsi in superficie dalla mia piccola tana e mi scrollai via la neve dal pelo.

Dove cazzo ero?

Ero stato fuori di me dal disprezzo per me stesso e dal dolore e avevo corso alla cieca.

Mi sedetti per osservare il paesaggio. Ero in montagna, ma dove? Quanto in là mi ero spinto? I confini dei branchi di lupi potevano estendersi per migliaia di miglia quadrate. I mutanti di solito non si allontanavano tanto. Il nostro lato umano ci teneva più vicini ai rifugi convenzionali. C'era il timore che, se fossimo rimasti in forma di lupo troppo a lungo, saremmo diventati selvatici e non saremmo più stati in grado di tornare a mutare in forma umana.

Forse era quello che avrei dovuto fare. Correre dritto in Canada, lontano dalla civiltà, dove nessun mutante sarebbe stato in grado di trovarmi. Oppure avrei potuto fare l'opposto e restare nei paraggi e lasciare che i mutanti mi trovassero e mi abbattessero. Di certo Rob aveva contattato Johnny affinché mi rintracciasse e mi facesse fuori.

Era ciò che dovevano fare coi mutanti selvaggi. Non solo erano un pericolo per gli umani, ma se gli umani avessero mai catturato o ucciso un mutante in forma di lupo, ciò avrebbe potuto esporre la nostra specie. Ciò significava che i mutanti selvatici erano un serio pericolo per la nostra specie. Non potevano essere controllati e non ci si poteva fidare di loro.

Come me.

Già. Le mie scelte si riducevano a restare in fuga oppure permettere che venissi cacciato e ucciso.

Infilai il muso nella neve e la leccai per placare la mia sete. Avevo ancora il pessimo sapore del sangue e della carne in bocca ed ero certo che il mio muso ne fosse ricoperto.

Il ricordo di ciò che avevo fatto tornò ad abbattersi nella mia mente. Quello stronzo che picchiava la mia compagna. Che incombeva su di lei mentre lei era legata ai piedi del letto, cazzo. Gli occhi sgranati di Summer dopo che l'avevo ucciso. Come si fosse allontanata spaventata.

Cazzo.

Fui straziato dal dolore.

Non l'avrei mai più rivista.

La mia bella, dolce compagna.

Come sarei sopravvissuto?

Conoscevo già la risposta: non l'avrei fatto. Non avrei ceduto al delirio da luna piena perché l'avevo marchiata, ma il mio lupo sarebbe impazzito comunque. Non potevo vivere senza la mia compagna. Non potevo respirare sapendo che non l'avrei più potuta toccare. Fare l'amore con lei. Sentirla urlare il mio nome—

Cazzo. Dovevo piantarla con quell'angoscia.

Non potevo pensare a Summer. Mi brontolava lo stomaco. Avrei dovuto cacciare qualcosa da mangiare presto, ma non ero interessato.

Non mi interessava nulla.

Sollevai il muso al cielo e ululai.

Da qualche parte, ad almeno un miglio di distanza, sentii un altro lupo ululare in risposta. Distante, ma riconoscibile.

Rizzai il pelo, riconoscendo subito quel suono. Il mio alfa.

Merda. Dunque mi trovavo ancora sui terreni del branco. Avrei dovuto sapere che sarei tornato lì. Il mio lupo si era attenuto a ciò che gli era familiare. Be', supposi che il mio lupo avesse preso la decisione al posto mio: mi sarei lasciato abbattere. Magari avrei finalmente trovato un po' di pace.

Avrei preferito che lo facessero i membri del mio branco, in ogni caso.

Un altro ululato provenne dalla stessa direzione e io mi alzai, sentendomi costretto ad andare da lui.

Ululai di nuovo, in risposta, e presi a correre nella direzione degli altri lupi.

Ci vollero venti minuti, forse di più, su terreno ricoperto di neve e roccia, prima che li trovassi, o forse furono loro a trovare me tramite il nostro sistema di ululati di richiamo e risposta.

Ci incontrammo in una conca in cima alla montagna dietro la casa di Rob. Conoscevo il mio branco. Riconoscevo i loro lupi. Rob, il mio alfa. Willow, la sua luna. Levi, Johnny, Clint, Rand, Colton, Boyd e...cazzo. C'erano anche Ace e Roy.

Avrei voluto che non ci fossero, per il destino. Non volevo che fossero costretti a guardare il loro fratello morire sotto le zanne del loro alfa.

Levi trottò nella neve per pararsi di fronte a me, poi

Rob mosse di scatto la testa e si voltò per dirigersi da dove era arrivato. Anche gli altri si voltarono. Io sapevo cosa significava, cosa fosse richiesto. Dovevo seguirli. Non avevo scelta, specie con Levi al mio fianco. Con Johnny lì, probabilmente avrebbe applicato in fretta la giustizia dei mutanti. Avevo ucciso qualcuno nel mondo umano. Avrei finalmente ottenuto ciò che mi meritavo.

34

SUMMER

MARINA POSÒ A RAFFREDDARE sull'enorme tavolo da cucina di Rob un foglio di carta da forno pieno di biscotti al burro con gocce di cioccolato che aveva appena preparato, ma io non ero minimamente interessata a quella delizia.

Facevo avanti e indietro lungo la grossa cucina, le calze che scivolavano sul pavimento di legno.

«Rob e gli altri gli sono dietro,» disse Marina. «Lo troveranno.»

Io annuii, ma le sue parole, che volevano rassicurarmi, non allentarono affatto la morsa che sentivo allo stomaco.

Proprio allora, il cellulare di Natalie vibrò con un

messaggio. Mi girai di scatto a guardarla, torturandomi le mani.

«È Rand,» disse, guardandolo.

Io balzai a sbirciare da sopra la sua spalla.

L'abbiamo trovato. Rob l'ha portato al cottage del branco per discutere.

«Discutere?» chiesi. «Cosa intende?»

Natalie e Marina si scambiarono un'occhiata.

«Che c'è?» volli sapere io. Avevo il cuore in gola. Non mi piaceva quell'occhiata.

«Be', non lo so con esattezza. Ma pare che questa sia una questione di branco. Devono occuparsene in maniera specifica,» spiegò Natalie.

«Una questione?» Assottigliai lo sguardo, non piacendomi come suonasse. «Cosa intendi con *maniera specifica*?»

Nessuna delle donne disse nulla ed io avrei voluto strozzarle entrambe.

«Cosa intendi con maniera specifica?» pretesi di sapere di nuovo.

«No, probabilmente non è nulla,» disse Natalie, ma io notai la sua espressione accigliata.

«*Cosa* non è nulla?»

«È solo che Boone si sta comportando in maniera un po' irrazionale. Cioè, Rob dovrebbe vedere se è davvero pericoloso. O se è diventato selvatico.»

«Selvatico? In che senso?»

«A volte i lupi diventano selvaggi. Tipo, rimangono sotto forma di lupo e non vogliono più mutare. Quando ciò accade...»

Scattarono dei campanelli d'allarme. Fui travolta dalla paura: più di quanta ne avessi provata il giorno prima per la mia stessa sicurezza. Molta di più. Avevo il viso indolenzito, ma ci avevo messo del ghiaccio e avevo preso l'ibuprofene. Stava bene. Perché avrebbe dovuto importarmi quando Boone poteva venire considerato *selvatico*?

«Cosa?»

«Be', potrebbero doverlo abbattere.»

Cosa? ABBATTERE?

«Col cavolo,» ringhiai. «Dove sono? Portatemi a quel cottage subito,» pretesi, dirigendomi verso la porta sul retro dove avevo posato i miei stivali.

«Dovremmo aspettare e basta,» disse Natalie, posandomi un braccio sulle spalle. Come se ciò mi avrebbe fermata. «Torneranno qui dopo che l'Alfa avrà risolto le cose.»

Io scossi la testa. «No. Non esiste. Non permetterò a nessuno di toccare Boone. Lui è il mio compagno.» Mi si riempirono gli occhi di lacrime. «Non possono fargli del male! Io lo amo e Rob deve sapere che ha fatto quello che ha fatto a Marty per proteggermi.»

«Penso che Rob lo capisca,» disse Marina con dolcezza, venendo a pararsi davanti a me. «Sarebbe un problema solo se ormai fosse troppo fuori di sé.»

Troppo fuori di sé?

Una lacrima mi scivolò lungo la guancia. Non poteva essere troppo fuori di sé. Non era possibile.

E anche se lo fosse stato, l'avrei riportato in sé. Non gli avrei permesso di diventare selvatico. Non l'avrei fatto. Lui non era mai troppo fuori di sé per me.

Mi girai verso Natalie e assottigliai lo sguardo. «O mi portate a quel cottage così che possa parlare con Rob, oppure vi rubo il pickup.»

«Ehi, vacci piano,» disse Marina sollevando una mano.

«Subito!» sbottai, posandomi le mani sui fianchi.

Sapevo che non era il modo di parlare alle mie amiche, ma avevo il cuore in gola. Dovevo essere io a parlare con Boone. A convincerlo a tornare da me. Da tutti noi. Non mi fidavo di nessuno di loro al riguardo.

Entrambe le donne trasalirono di fronte alla mia esclamazione.

«Okay,» disse Natalie. «Okay. Ti accompagniamo là.»

35

BOONE

Rob ci condusse nella neve fino al cottage del branco in montagna. Quello che usavamo come punto di ritrovo per le corse con la luna piena, le riunioni del branco e altri eventi.

Dunque voleva parlare prima di decidere del mio destino. D'accordo.

Entrammo dalla grossa porticina basculante in forma di lupo per poi mutare. Senza dire una parola, tutti tirarono fuori i propri abiti di riserva dagli scomparti nell'atrio.

«Per l'amor del cielo, Boone,» disse Roy mentre ci vestivamo, il suo tono carico di accuse. «Non puoi mollare—»

Rob emise un basso ringhio con la gola e Roy si zittì. Lì toccava a Rob. Era l'alfa. Avrebbe gestito lui la giustizia quella sera.

Nessuno provò più a parlare.

Quando entrammo nella sala riunioni, Rob ringhiò: «Io e Boone. Il resto di voi aspetti fuori.»

«Sì, Alfa,» mormorarono i membri del branco mentre tornavano fuori.

Io trassi un lungo respiro. Mi facevano male i polmoni dopo essere stato fuori al freddo. Indossavo un paio di vecchi pantaloni della tuta e una camicia di flanella blu. Non ero riuscito a mettermi le calze né le scarpe che tenevo lì di riserva.

Rob mi fissava, lo sguardo cupo e pesante. «L'ex di Summer, Marty. Ce ne siamo occupati. Levi e Kyle risolveranno qualunque problema umano emerga, specie visto che era un poliziotto, ma non dovrebbe succedere nulla.»

Non sapevo cosa intendesse esattamente. Stava facendo il vago apposta. Se avesse voluto che ne sapessi di più, l'avrebbe detto. Per cui lasciai perdere perché sapevo che Marty non avrebbe mai più fatto del male a Summer.

Eppure non mi aveva chiamato lì per parlare con me da solo per quel motivo. Quello era solo un riscaldamento, un promemoria di cosa avessi fatto e di come il branco si fosse dovuto occupare del mio errore. Il peso della mia natura mi calò sulle spalle come una coperta di piombo. Avrei dovuto scusarmi. Implorare di venire risparmiato.

Invece, ciò che mi uscì di bocca furono le scuse che non gli avevo mai posto. Quelle di quindici anni prima.

«Non ho mai voluto il tuo posto come Alfa,» ammisi.

Rob inarcò le sopracciglia. Era palese che non fosse la conversazione che si era aspettato di sostenere.

«Mio padre voleva che ti sfidassi,» proseguii. «So che probabilmente lo sapevi. Ci siamo scontrati e io me ne sono andato. Non so perché non te l'abbia mai detto.»

Rob si sfregò la nuca. «Cazzo, Boone, ti ha tormentato per tutti questi anni?»

Io lo fissai, travolto dall'infelicità. Ebbi all'improvviso di nuovo sedici anni, l'agonia così vasta da schiacciarmi. Mi schiarii la gola prima di proseguire. «Non volevo che esiliassi la mia famiglia. Avevamo bisogno di questo branco, disperatamente.» Sollevai una mano e puntai in direzione dell'altra stanza dove gli altri ci aspettavano. «I miei fratelli ne avevano bisogno. I tuoi genitori sono stati tutto dopo la morte di nostra madre. E poi—»

«Aspetta, Boone.» Rob sollevò una mano per fermare il mio fiume di parole in piena. «Se pensi di dovermi una scusa, sei fuori di testa, diamine. Sì, lo sapevo. Cioè, l'avevo immaginato. Tu te n'eri andato e tuo padre ha avuto un pessimo aspetto per qualche settimana mentre guariva. Era anche uno stronzo scorbutico. L'ho saputo per certo quando ha cercato di costringere Roy a lottare con me per la mia posizione qualche anno dopo. Credi di aver mai biasimato *te* per quello?»

Io mi passai le dita tra i capelli. Non mi ero nemmeno trovato nello stesso Stato all'epoca e avevo scoperto cos'era successo solo parecchio tempo dopo. «Be', avresti potuto vedermi come una minaccia.»

«È per questo che ti sei tenuto alla larga tutti quegli anni?» Rob sembrava incredulo. «A New York City, di tutti i posti, cazzo?»

Feci spallucce. «Sì, cioè, in parte. E anche perché lo scontro con mio padre aveva posto fine a un rapporto. L'ho quasi ucciso.»

Rob non sembrava sorpreso. Tutto ciò che scorgevo nella sua espressione era comprensione. «Deve averti spaventato.»

In qualche modo, nel nostro mondo da vita da branco come maschi alfa, non mi ero mai aspettato quel genere di schiettezza. O di compassione. Nostro padre di certo non aveva mai parlato né riconosciuto i sentimenti di nessuno. Specialmente un maschio che aveva *paura*.

Mi bruciava il naso. «Già. Be', ha spaventato Roy e Ace. Per cui ho immaginato che fosse meglio per tutti che mi tenessi alla larga.»

Rob mi si avvicinò di un passo e mi posò una mano

sulla spalla. «Boone, sono *io* a doverti una scusa. Avrei dovuto chiamarti quando eri a New York. O venire a trovarti. Immaginavo che fosse successo qualcosa con tuo padre, soprattutto perché i tuoi fratelli sembravano nascondere qualcosa, ma io stavo, ehm, cercando di capire come gestire il mio lutto per la perdita dei nostri genitori mentre al tempo stesso imparavo come guidare un branco.»

Mi bruciavano gli occhi. «Ma sì, ovvio. Non mi sono mai aspettato che mi contattassi.»

«Be', avrei dovuto,» disse lui. «E mi dispiace. Forse perché, se tu avessi saputo che non ti ho mai dato la colpa di nulla, non ti saresti tenuto a distanza.»

Gli dispiaceva?

«Mi sono tenuto a distanza perché sono pericoloso.» La mia voce sembrava rotta.

Sentii il rumore di un'auto che accostava fuori. Qualche altro membro del branco che si univa a noi, forse.

Rob scosse la testa. «Tu non sei pericoloso, Boone. Sei mio cugino, il che ti rende un lupo alfa. Sei protettivo da morire, come dovresti essere. È nel nostro sangue.»

Io lo fissai. Volevo credere alle sue parole, ma le prove non avvaloravano quell'ipotesi. Mi spingevo sempre troppo oltre. Rovinavo tutto.

«Hai mai fatto del male a qualcuno che non se lo meritasse, Boone?» mi chiese.

Io stavo sudando, la mente in subbuglio. «Io... non lo so.»

Rob scosse la testa. «Lo so *io*. Non l'hai fatto. L'ex di Summer? Eventualmente l'avrebbe uccisa. Ho visto cosa le aveva già fatto. La giustizia del branco l'avrebbe sentenziato a morte. Tu non sei un pericolo, Boone. Sei solo alfa da morire. Proveniamo da una lunga stirpe di lupi alfa.»

La porta si spalancò e... oh per il destino! Tutto il mio corpo si accese, attratto dalla femmina che varcò la soglia in un turbine. Summer fece irruzione.

«Nessuno toccherà il mio compagno!» gridò. Poi mi vide.

Il suo compagno. Mi stava rivendicando. Mi voleva ancora, anche dopo ciò che avevo fatto.

Prima di sapere cosa stesse succedendo, le braccia di Summer mi si avvolsero attorno alla vita e lei mi abbracciò stretto.

«Piccola,» dissi piano, posandole una mano sui capelli. Fu una preghiera in un sussurro. Una benedizione. Un giuramento sacro.

Summer era lì. Il lupo dentro di me si placò.

Per il destino, ero quasi morto senza di lei. O quantomeno avevo voluto farlo. Ora mi sembrava come se mi fossi all'improvviso risvegliato da un coma.

Ero di nuovo vivo. Lei era la mia ragione di vivere e respirare. Era il mio raggio di sole. La mia musica. Il mio legame con gli altri esseri umani.

Lei si girò per fulminare Rob con lo sguardo. «Lui è *sicuro*,» ringhiò, la voce feroce. Gli picchiettò perfino un dito sul petto una volta. «Nessuno lo abbatterà. Lui non farebbe mai, *mai* del male a qualcuno che non se lo meritasse.»

Rob incurvò le labbra in un piccolo sorriso. «Sai, Summer, è proprio quello che gli stavo dicendo.»

«Ah sì?» Lei aggiustò il tono e lasciò cadere il braccio. «Be', bene. Grazie.» Sollevò il viso verso di me e si acciglò. «Boone, non andartene *mai* più a quel modo.»

Al mio cuore spuntarono delle ali e cominciò a volare.

Le presi il bellissimo viso tra le mani. La sua guancia era gonfia e lacera, cosa che mi uccideva. «Non lo farò,» promisi. «Mi dispiace, piccola. Io...»

Mi resi conto che Rob era uscito per concederci un po' di privacy.

«Ho perso il controllo,» spiegai. «Ti ho spaventata e non mi perdonerò mai per—»

«No.» Summer scosse la testa. Pronunciò quella parola con una decisione tale da zittirmi. «Non eri fuori controllo. Hai fatto tutto ciò che dovevi per proteggermi e salvarmi da Marty e io ti amo assolutamente per questo.» Gli occhi le brillavano pieni di lacrime. «Quindi non *osare* biasimarti per nulla.»

La sua determinazione mi strappò un piccolo sorriso.

La mia bellissima compagna si era presentata a lottare per me. Aveva affrontato un lupo alfa. Per me. Mi aveva rivendicato. Non aveva paura.

«Però sei scappato quando io avevo ancora bisogno di te,» disse. «E questo mi ha fatto male.»

Io mi passai una mano tra i capelli scompigliati. «Cazzo, Summer. Mi dispiace così tanto. È solo... Pensavo che saresti stata più al sicuro senza di me.»

Lei scosse la testa. «No. Io ho *bisogno* di te, Boone. Non voglio stare senza di te. Mai più.» Gli occhi le brillavano di lacrime. Mi picchiettò sul petto e accigliò il viso per sembrare severa. «Tu sei il mio compagno. Quindi non scappare mai più. È una regola.»

Io lasciai andare una risatina sollevata. Sembrava folle che potessi passare dall'odiarmi al volteggiare a mezzo metro da terra nel giro di pochi minuti, ma era così. Rob non mi detestava. Diamine, si era scusato lui con me, non il contrario.

Summer aveva bisogno di me. Non voleva liberarsi di me. Non aveva paura di me. Pensavo di aver rovinato tutto uccidendo il suo ex, invece il mio vero errore era stato abbandonare la mia compagna. All'improvviso mi sembrò tutto chiaro.

«Io... non ti lascerò mai più. Lo prometto.»

La porta si spalancò e Rob fece irruzione, seguito da Ace.

«Spero tu gli abbia tirato un pugno in faccia per essersela data a gambe,» ringhiò a Summer.

Lei si erse – tutto il suo metro e sessanta – e si girò come a proteggermi. «No, non l'ho fatto. Ha già patito abbastanza. E voi dovete risolvere subito le vostre divergenze passate,» ordinò.

Incurvai ancora un po' le labbra. La mia compagna era impetuosa quando voleva esserlo e io lo adoravo, cazzo.

Lei si mise le mani sui fianchi e disse loro tutto ciò che io ancora non ero riuscito a dire. «Boone è devastato dai sensi di colpa per avervi abbandonati, ma sentiva anche che fosse la cosa migliore da fare per preservare l'armonia famigliare. Pensava di essere troppo pericoloso per restare e di avervi traumatizzati scontrandosi con vostro padre davanti a voi.»

Io crollai quasi a terra per l'onore di essere compreso così bene. Summer mi aveva appena conosciuto nemmeno due settimane prima, eppure sembrava che mi capisse veramente. Come se mi avesse conosciuto meglio di quanto perfino io conoscessi me stesso.

Mi vergognavo anche del fatto che mi ci fossero voluti tutti quegli anni per scoprire queste carte sia con Rob sia coi miei fratelli. Quanti anni avevamo passato senza parlare di nulla? Evitando semplicemente il tutto?

«Di averci traumatizzato? Cazzo, no. La tua partenza è stata l'unico trauma che abbiamo subito,» disse Ace. «Avevamo bisogno di te, Boone. Papà era uno stronzo e tu ci hai abbandonati. Proprio come hai abbandonato la tua compagna quando aveva bisogno di te.»

Mi si strinse la gola. «Mi dispiace,» dissi con tono strozzato, spostando lo sguardo tra Ace, Roy e Summer. «Ho fatto un casino.»

«Grazie.» Summer accettò le mie scuse con la stessa grazia con cui faceva ogni cosa. «Tu ci *servi* determinato. Ci servi pericoloso. Smettila di aver paura di ciò che sei e di cercare di proteggere il mondo da te. Sei esattamente ciò che dovresti essere: un pericolo per tutti quelli che se la prendono con le persone che ami.»

Era la stessa cosa che aveva detto Rob.

Mi bruciavano gli occhi e all'improvviso non riuscivo a respirare. Strinsi le braccia attorno a Summer da dietro, aggrappandomi a lei come a un salvagente.

«Ha ragione, amico,» disse Roy, rivolgendomi un sorriso. «Nessuno qui teme che tu sia un pericolo a parte te. Quindi piantala di rintanarti come un eremita e torna a vivere. Hai una compagna adesso. Una compagna che diventerà famosa.» Roy fece l'occhiolino a Summer, che rispose con un sorriso.

Io le diedi un bacio sulla testa. Il petto mi bruciava

per via del fatto che il cuore mi si stesse gonfiando tanto d'affetto. La gente che amavo più al mondo si voleva anche bene a vicenda. Era una bellezza a cui non avevo mai pensato di assistere.

«Già,» disse Ace. «Probabilmente dovrai girare per il mondo assieme a lei, per cui abituati a stare tra la gente.»

Il sorriso di Summer crebbe ancora. «Non saprei.»

«Io sì,» dissi con assoluta certezza. «Contratto di registrazione, tour, *fandemonio*. Ecco cosa stai per ottenere, mia bellissima donna.»

«E tu avevi intenzione di abbandonare *quello*?» Roy allargò una mano e l'agitò in direzione di Summer per enfasi.

«Io non sono un *quello*.» Si voltò tra le mie braccia e sollevò lo sguardo su di me. «E lui non mi abbandonerà mai più. Giusto?»

«*Mai*,» giurai. «È la regola. Mi dispiace. Devo una scusa a ciascuno di voi.»

«Vieni qua, fratello.» Roy mi prese la mano in una stretta fraterna e mi attirò a sé per una pacca sulla schiena.

Ace fece lo stesso. «Già, fratello. Ti vogliamo bene. Piantala di fare lo stronzo, cazzo.»

Summer rivendicò la propria posizione tra le mie braccia e mi strinse. «Andiamo a casa.»

Casa.

Non sapevo quale casa intendesse Summer, ma per

me non aveva importanza. Casa era ovunque ci fosse lei. E sì, l'avrei seguita fino in capo al mondo, cazzo. Almeno quello mi era chiaro adesso che avevo tirato fuori la testa dalla sabbia.

La presi tra le braccia. «Casa mi sembra proprio dove ho bisogno di essere, piccola.»

36

SUMMER

«Scusami, piccola.» Boone mi mise a terra nel suo cottage. Ace e Roy ci avevano lasciati a casa di Boone e lui mi aveva portata dentro in braccio. Anche tutti gli altri erano tornati a casa.

Lui mi posò una mano sulla guancia, chinando la testa per darmi un lento bacio delicato. «Avrei dovuto stare con te ieri sera. Avrei dovuto tenerti tra le braccia e confortarti dopo ciò che è successo.»

Io non volevo che si sentisse più in colpa di quanto non facesse già, ma fu un sollievo sentire che comprendeva di avermi ferita. Si sperava che significasse che non si sarebbe più allontanato. Che non ci sarebbe stata un'altra volta in quel ciclo di reazioni violente seguite da fughe.

«Mi sono sentita abbandonata,» ammisi, perché riconoscere le mie sensazioni faceva parte dell'avere una relazione sana. O così avevo imparato dai libri che avevo letto cercando di sistemare un matrimonio destinato a fallire. «Inizialmente ero piuttosto arrabbiata.»

Lui scrutò il mio livido, la fronte aggrottata. «Avrei dovuto essere io a tenerti il ghiaccio sulla faccia.»

«Vorrei che l'avessi fatto,» ammisi. «Ma quando non sei tornato stamattina, mi sono resa conto che stavo incentrando la cosa su di me quando ero io quella al sicuro a casa. Tu eri quello in pericolo che soffriva. Per cui mi sono resa conto che avevi bisogno di me tanto quanto io ne avevo di te.»

Boone sbatté rapidamente le palpebre, i suoi occhi che si arrossavano. «Avevo davvero bisogno di te. Non ce la farei senza di te.» Poi parve allarmato, come se avesse detto la cosa sbagliata. «Cioè, questo non vuol dire che sei costretta—»

Gli posai le dita sulle labbra. «Non farlo. Non tenerti più sotto controllo con me. So di aver dato di matto all'inizio. Stavo paragonando tutto ciò che dicevi e facevi a Marty e alcune cose mi sembravano dei campanelli d'allarme, ma mi sbagliavo di brutto.» Cominciai a sbottonargli la camicia. «Voglio che tu sappia che non ho paura di te. Non credo che tu sia troppo possessivo. Non ho alcun dubbio nei tuoi confronti, Boone. Nei nostri.» Gli feci scivolare la camicia giù dalle spalle, scoprendo il suo bellissimo torace scolpito, con una grossa spruzzata di soffici riccioli castani. Lasciai vagare le mani sui suoi muscoli, accarezzandolo con apprezzamento.

Lui mi sfilò il maglione dalla testa e lo gettò a terra.

Io gli slacciai i jeans. «Non sapevo del destino, prima, ma adesso ci credo anch'io. Stiamo insieme perché eravamo destinati a esserlo. Io e te.»

Quella volta, quando mi baciò, non fu delicato. Fu feroce. La sua bocca divorò la mia, le labbra che si abbattevano sulle mie, la lingua che mi si infilava dentro. Mi afferrò la nuca per tenermi ferma a subire quell'attacco, mostrandomi cosa provasse.

«Ti amo, Boone,» dissi quando lui mi lasciò prendere fiato.

«Cazzo, Summer. Ti amo tantissimo.» Tornò a baciarmi con foga, stringendomi il culo e facendomi indietreggiare fino a quando le mie gambe non colpirono il letto e noi ci finimmo sopra. Lui si sostenne con un braccio a lato della mia testa, così da non schiacciarmi quando cademmo.

«Io amo *te* tantissimo,» ribattei.

Un'espressione maliziosa gli comparve in volto. «Quindi stai dicendo che non devo più trattenermi?»

Io inarcai le sopracciglia. «Ti stavi trattenendo?»

«Oh sì, piccola. Mi stavo *decisamente* trattenendo.»

Si sollevò sulle ginocchia e mi strattonò giù i pantaloni da yoga e le mutandine. «Stai per scoprire come sia un lupo alfa dominante a letto.»

Mi si contrasse la fica, un brivido di desiderio che mi scuoteva dentro. «Sì, ti prego.»

Lui fissò il mio corpo per lo più nudo con occhi che brillavano. «Mia.»

Sua. Sì, mi piaceva quella parola. Non ne avevo più paura. In effetti, la bramavo. Il mio corpo era perfettamente in sincrono col suo. Col suo tocco. La sua voce. La sua presenza. Proprio come se lui fosse stato fatto apposta per me. Io ero sua e lui era mio.

Lui si spinse giù i pantaloni della tuta e li calciò via. «Avrò bisogno di vedere quelle tue tette perfette. *Via il reggiseno.*» Ci fu un comando nella sua voce che mi fece scorrere un brivido di assoluta eccitazione lungo il corpo.

Sapevo che era un gioco. Ero perfettamente al sicuro. Non mi avrebbe mai fatto del male. E ciò rendeva quel suo essere dominante sexy da morire. Mi ero trovata in una situazione in cui avevo avuto paura del mio partner. Sapevo che non sarebbe mai più successo.

Mi feci scivolare le spalline del reggiseno lungo le braccia e sostenni lo sguardo di Boone mentre lo slacciavo. Poi tenni l'indumento al suo posto, a coprirmi i seni, mettendolo alla prova.

Lui inarcò le sopracciglia mentre mi saliva addosso

a quattro zampe. Il suo cazzo era duro per me e mi sfiorava il ventre. «Ho detto, *via il reggiseno*, piccola. Devo vedere se quei dolci capezzoli sono già duri per me o se hai bisogno che ci passi sopra la lingua e li succhi fino a irrigidirli tutti per bene.»

Oddio. La mia fica si contrasse di nuovo. Non avevo idea che Boone fosse un maestro del parlare sporco.

Mi ero persa un *sacco* di roba.

Abbassai lentamente il reggiseno, mettendo in mostra i capezzoli che erano già duri. Tuttavia, abbassai lo sguardo per poi riportarlo su di lui e dissi: «Forse hanno bisogno di un po' più di attenzioni.»

Boone incurvò le labbra in un ghigno soddisfatto e chinò la testa. Fece passare una sola volta la lingua sul mio capezzolo destro. Poi una volta su quello sinistro. Poi ci soffiò sopra, così che l'umidità si raffreddasse e asciugasse, provocando una sensazione di fresco.

Io mi inarcai apprezzandola. «Di più.»

Boone piegò la testa, come a riflettere se obbedire o meno alla mia richiesta. «A chi appartengono queste bellissime tette?»

Il mio cervello incespicò alla ricerca di una risposta difensiva, ma poi mi ricordai che era un gioco. Un gioco davvero delizioso.

«A te.»

Il suo sorriso fu selvaggio. «Esatto, piccola. Questo corpo è mio. Sta a me soddisfarlo.» Mi prese il seno destro nella mano, le sue dita grosse che vi si plasmavano attorno e lo spingevano verso la sua bocca. Quella volta mi prese il capezzolo tra le labbra, succhiando forte.

Io urlai, percependo il formicolio in risposta tra le gambe. «Oh Dio.»

«Puoi chiamarmi un dio.» Adoravo sentirlo così compiaciuto. «Ti *farò* vivere un'esperienza trascendentale.»

Io gemetti quando lui riportò la bocca al capezzolo e succhiò di nuovo, per poi smettere e sfregare leggermente i denti sulla punta eretta.

Si alzò a sedere a cavalcioni della mia vita e mi massaggiò i seni con entrambe le mani, per poi accarezzarmi lungo i fianchi. Portò le labbra a baciarmi lungo la mandibola e a lato del collo.

Ci stava mettendo troppo. Avevo bisogno di averlo dentro di me. Ero già disperata.

«Ti prego. Scopami, Boone.»

Lui sorrise, ma continuò coi suoi baci alternati a passate di lingua. Sulla clavicola. Tra i seni. Lungo il ventre. «Sei avida, non è vero?»

«Sì,» gemetti.

«Credi di essere pronta per il mio cazzo?»

«Lo sono.»

«Mmh. Fammi vedere.» Infilò le dita tra le mie gambe nello stesso istante in cui mi baciò più in basso, proprio all'apice della mia intimità. I suoi polpastrelli affondarono nella mia apertura grondante. «Mmh. Sì, stai producendo un sacco di quel dolce miele per me, non è così, bellezza?»

Io stavo perdendo la capacità di parlare o di formulare pensieri coerenti. Tutto ciò che potei fare fu emettere un sospiro gorgogliante di piacere.

Boone mi infilò due dita dentro nello stesso momento in cui la sua lingua affondò tra le mie labbra, allargandole.

Io gridai. «Oh! Oh...»

Lui mi accarezzò i muscoli interni con la punta delle dita, stimolando quello che doveva essere il mio punto G.

«Boone!» Se fossi sembrata allarmata, era solo perché fu quasi *troppo* piacere. Troppa stimolazione. Avevo bisogno di qualcosa di più. Qualcosa che mi aiutasse a sfogare la tensione che stava montando in fretta.

«Ti prego... Boone!»

Lui trovò il mio clitoride – il punto in cui tutte le terminazioni nervose del mio punto G si univano – e lo succhiò.

Io urlai, scossa da un orgasmo. «Oddio! Oddio!» Sembravo decisamente allarmata. Era troppo. Troppo intenso. Urlai letteralmente – un grido acuto – per diversi secondi fino a quando non ebbi finito.

Poi ricaddi sul letto, ansimando come se fossi stata appena inseguita da un orso per un chilometro e mezzo.

«Oddio, Boone,» dissi, cercando di riprendere fiato. «Cosa mi stai facendo?»

Lui mi fece rotolare e mi sculacciò. Nel mio stato delirante, lo registrai come puro piacere. «Sto accontentando la mia compagna.» Mi sculacciò l'altra natica. «È il mio compito, piccola. Darti piacere è la cosa che preferisco di più al mondo, cazzo.»

Oddio. Mi aveva sculacciata!

Fui percorsa da uno spasmo post orgasmico, un brivido che attraversò tutto il mio corpo facendomi contrarre i muscoli interni.

«Ohhhhh,» gemetti, già sfatta da quello che presunsi fosse stato solamente un preliminare.

«Ora, farai la brava ragazza e ti prenderai il mio cazzo?» Boone mi fece allargare le cosce, spostandosi per sistemarsi in ginocchio tra esse invece che a cavalcioni.

«Mmh.»

Lui si chinò e mi morse delicatamente la spalla. «Mmh?» Il suo cazzo stuzzicò la mia apertura e io inarcai la schiena per accoglierlo. «Sei pronta a farti sbattere?»

Oh, *diamine*.

Avevo le vertigini dal desiderio. Quell'uomo sapeva parlare sporco come nessun altro. Mi stava facendo venire solamente con le sue parole.

«Ah, ahh,» piagnucolai. Avevo decisamente

bisogno di sentirlo dentro di me. Le dita non potevano sostituire la sua erezione, a parer mio.

Lui scivolò dentro facilmente, andandoci piano, così che avessi il tempo di adeguarmi alle sue dimensioni.

«Yummm,» mormorai.

Boone ridacchiò. «Ti sembra appetitoso, piccola?» Si tirò fuori e si spinse di nuovo dentro. «Ti piace prenderlo da dietro?»

«Sìììì,» gemetti.

«Forse ti piacerebbe ancora di più con un cuscino sotto i fianchi.» Mi avvolse il suo enorme braccio attorno alla vita e mi sollevò per far spazio a un cuscino.

Aveva ragione. Mi piaceva davvero di più. Quell'angolazione gli permetteva di andare ancora più a fondo.

Gemetti a ritmo delle sue spinte, allargando ancora di più le gambe, sollevando di più il culo.

«Già, ti piace. Ti piace quando vado a fondo, vero, piccola?»

«Sì,» concordai.

«Ti scoperò forte. È questo che vuoi?»

Non doveva chiedere il mio consenso. Sapevo già con assoluta certezza che Boone si sarebbe fermato subito se qualcosa mi avesse fatto del male. Si sarebbe preso cura di me. Potevo affidargli il mio corpo e, adesso che avevamo sistemato le sue convinzioni circa il suo essere pericoloso, anche il mio cuore.

Tuttavia, gli concessi il consenso che desiderava. «Lo voglio.» Più tardi, avremmo potuto parlare del mio consenso generale, perfino per un finto dissenso. Mi stava decisamente bene giocare pesante con lui perché era l'uomo che avrebbe ucciso o sarebbe morto per me.

Lui ringhiò, afferrandomi la spalla alla nuca e tenendomi ferma mentre mi scopava forte. Il letto sobbalzava e sbatteva contro la parete. Io strillai di piacere. I movimenti di Boone si fecero irregolari.

«Cazzo, piccola. Sto già per venire. Non riesco a trattenermi.»

«Sì!» gridai io. «Vieni!»

Lui aumentò ulteriormente la velocità, il suo inguine che mi sbatteva contro il culo, i rumori bagnati del nostro fare l'amore che riecheggiavano nel piccolo cottage.

«Ti stai prendendo il mio cazzo come una brava ragazza. Bravissima...»

Non sapevo che mi piacesse sentirmi elogiare, ma adoravo quell'adulazione.

«Cazzo, piccola. Cazzo. Metti le mani sulla testiera. Allarga di più quelle gambe. Dammi quel dolce culo. Così.» Si sbatté dentro di me e io persi il fiato.

Oh. Mio. *Dio*. Mi sorprendeva che il letto non avesse preso fuoco.

«Sto venendo. Ci sei vicino anche tu?»

«Sì!» Ero decisamente una ragazza da orgasmo a penetrazione vaginale. Mi piaceva farmi stuzzicare il clitoride, ma non ne avevo bisogno per venire.

Boone mi si sbatté dentro e giuro che riuscii a sentire il calore del suo seme che mi riempiva. Mi contrassi attorno alla sua erezione, dapprima intenzionalmente, poi il mio corpo ricevette il messaggio ed ebbi un orgasmo, forte. La stanza prese a vorticare. Fui travolta dalle vertigini.

Boone gemette, continuando a venire. Le sue dita mi passarono sotto i fianchi e trovarono il mio clitoride e fui di nuovo scossa dalle convulsioni, venendo per la terza volta. «Brava la mia ragazza,» fece le fusa lui. «Continuerò a farti venire giorno e notte.»

EPILOGO

SUMMER

«Non riesco a credere che stia succedendo.» Strinsi forte la mano di Boone, sollevando lo sguardo sull'enorme edificio fatto di vetrate che ospitava la casa discografica di Sara. Venivo da Los Angeles ed ero abituata alle folle, ma c'era qualcosa di diverso a New York. Di più alto. Più affollato. Chiassoso. Emozionante, ma mi faceva anche bramare il nostro tranquillo e pacifico cottage nei boschi.

Era primavera e io e Boone ci trovavamo a Manhattan per firmare il contratto che il mio avvocato, Selena Jenkins, aveva negoziato. Era una mutante e faceva parte del branco dei Wolf, ma gestiva anche le questioni legali umane. Per lei, la mia era divertente.

Non capitava tutti i giorni che qualcuno ricevesse un accordo discografico!

Boone aveva prenotato per me uno studio di registrazione a Missoula e io avevo registrato la mia demo inviandola a Sara come richiesto. Lei mi aveva risposto quasi subito con una bozza di contratto.

Mi sembrava troppo facile. Troppo bello per essere vero.

Era così che mi sembrava anche la mia relazione con Boone, però.

Avevo smesso di cercare campanelli d'allarme, ma mi ci erano comunque voluti gli ultimi mesi per credere davvero a quanto fosse diventata bella la mia vita. Ad accogliere davvero tutto ciò che Boone voleva darmi. A sapere che me lo meritassi, che fossi degna, e a ripagare con la stessa energia.

Lui mi viziava con le sue attenzioni, la sua gentilezza, il suo amore e i suoi soldi. Sembrava che tutto ciò di cui avesse bisogno in cambio da me fosse di permetterg*lielo, ma io cercavo di ripagarlo anche in altri modi. Mi stavo assicurando che continuasse a socializzare, che partecipasse alle riunioni e alle corse del branco, e che si costruisse una comunità tutta sua. Lui e i suoi fratelli andavano più d'accordo, adesso, il che era fantastico, perché anch'io volevo loro bene.

«Sta succedendo eccome.» Boone mi aprì la porta ed entrammo nell'edificio. Era elegante e moderno, con dei lussuosi pavimenti in marmo e un soffitto rialzato.

Io trassi un respiro per parlare con la guardia alla reception e dirgli che eravamo lì per vedere Sara.

«Sono così nervosa,» confessai a Boone mentre entravamo nell'ascensore. Gli strinsi forte la mano e lui rispose alla stretta.

«Piccola, non hai nulla di cui preoccuparti.» Si chinò e mi diede un bacio sulla testa. «Il contratto è già stato discusso. Questa è solo una formalità.»

Aveva ragione. Avrei potuto firmare il contratto digitalmente, ma lui mi aveva consigliato di volare fin lì a conoscere Sara di persona. Aveva detto che vedersi faccia a faccia avrebbe solidificato il nostro rapporto e assicurato che lei lavorasse davvero duramente per diffondere la mia musica, non che avesse dubitato che l'avrebbe fatto. Si conoscevano da parecchio tempo e avevano formato un legame per via di una vicenda cupa. Mi fidavo del suo giudizio. E poi, lui aveva voluto farmi fare un giro per New York City perché non c'ero mai stata.

Avevamo preso un volo un paio di giorni prima, prima classe – la prima volta, per me – e alloggiavamo al Waldorf Astoria. Già, mi stava viziando da morire.

Sara ci stava aspettando fuori dagli ascensori al ventitreesimo piano.

«Ciao, Summer. Boone.»

Mi ero aspettata una certa formalità, eppure,

nonostante il tailleur pantalone e i tacchi, Sara ci trattò come membri della famiglia. Abbracciò Boone e fece lo stesso con me, rivolgendomi anche un sorriso smagliante.

«È davvero meraviglioso conoscerti di persona, Summer. Sono davvero emozionata di averti a bordo.» Ci fece cenno di avanzare. «Venite pure, firmeremo i documenti, dopodiché ho intenzione di portarvi entrambi fuori a pranzo.»

Ci condusse in una sala conferenze con una parete di finestre che davano su Manhattan e un enorme, moderno tavolo in vetro che aveva posto per ospitare forse venticinque persone. Il contratto era già lì con una lussuosa penna stilografica e delle etichette a indicare le righe su cui dovevo firmare.

Presi la penna, poi mi ricordai cosa mi aveva detto la mia social media manager – ovvero Riley – sul filmare l'evento. «Uhm, vi dispiacerebbe registrarmi? Voglio pubblicare il gran momento sui miei account social.» Tirai fuori il cellulare e lo porsi a Sara.

Lei non poté fare a meno di ridere.

Avevo imparato molto negli ultimi quattro mesi circa il tirarmi fuori dal guscio. Riley mi aveva spinta a postare ogni giorno, a condividere spezzoni delle canzoni che avevo registrato per la demo così come semplice roba casuale da "storie quotidiane di una musicista". Facevo vedere spesso il Saloon di Cody perché ci lavoravo ancora per divertimento, e il suo lavoro aveva giovato della mia fama. Era folle, ma alcuni dei miei spezzoni di canzone erano stati riutilizzati nei post di altra gente migliaia di volte.

Sara voleva ottenere le registrazioni professionali entro la settimana seguente non appena i documenti fossero stati finalizzati.

«Ma certo. Anche la mia assistente registrerà, per i nostri social.» Indicò la giovane donna alle sue spalle con un telefono in mano.

Io sorrisi alla videocamera mentre firmavo i documenti. Stavo firmando! Stava succedendo. Oddio! Lanciai un'occhiata a Boone, che mi fece l'occhiolino.

«Congratulazioni,» disse Sara. «Sei ufficialmente sotto contratto. Brindiamo per l'occasione!»

La sua assistente stappò una bottiglia di champagne e ci versò tre bicchieri. Noi facemmo un brindisi.

«A te, Summer, e a quella che so sarà una carriera gloriosa e di successo,» disse Sara. Poi si rivolse a Boone. «E a te, l'uomo che una volta si è preso una coltellata per me e mi ha salvato la vita.»

L'assistente trasalì mentre scontravamo i bicchieri. Chiaramente, non sapeva del passato tra il suo capo e Boone.

Boone guardò me. «No, è tutto per te, piccola. Questo è il momento di Summer. Non voglio condividere la tua gloria. Voglio solo guardarti prendere il volo come un razzo.»

Io posai il bicchiere e gli gettai le braccia al collo. Era così grosso, caldo e forte e... mio. «Non avrei mai potuto farcela senza di te.»

Il suo braccio mi strinse e mi attirò a sé. Era il mio posto preferito al mondo. Dove mi sentivo al sicuro, protetta e amata. «Sì che avresti potuto. Qui si tratta solo di te. Ma non preoccuparti perché io non me ne andrò da nessuna parte. Sarò con te ovunque questo viaggio ti porterà.»

«Wow, voi due siete dolcissimi. Perché non le metti un anello al dito?» volle sapere Sara.

Boone si schiarì la gola. «In realtà, dopo pranzo stavo pensando che saremmo potuti andare da Tiffany a trovarne uno.»

Io trasalii. «Mi stai chiedendo di sposarti?»

Lui si immobilizzò, come se si fosse reso conto di aver rovinato la proposta.

Io risi perché lo capivo: nella sua mente, e per la sua specie, noi eravamo già ben più che sposati. Un anello e dei documenti erano rituali umani, non da mutanti, e io non me li ero mai aspettati.

«Non è stata la tua mossa migliore, Boone,» lo rimproverò Sara con un sorriso ad addolcire la cosa.

Boone si mise in ginocchio. «Così va bene?»

«Sì!» esclamai per evitargli di dover tirare fuori un discorso che non aveva pensato di prepararsi. Sapevo che mi amava. Sapevo che si era preso un impegno. Non mi servivano delle belle parole o un discorso elegante. L'avevo ricevuto in passato ed era stata una gran stronzata. Ciò che avevo con Boone era reale. Così reale che ci avrei scommesso la mia vita.

«Be', è stato facile,» disse Sara con una risatina.

Io salii sul ginocchio di Boone e mi ci sedetti con cautela per baciarlo sulle labbra. «È uno da non farsi sfuggire,» mormorai. «Mio,» sussurrai per poi baciarlo di nuovo. Era il mio uomo. Il mio compagno. Il mio lupo e presto mio marito.

Ero la donna più fortunata del mondo.

ISCRIVITI ALLA NEWSLETTER
DI VANESSA VALE

Unisciti alla mailing list per essere informato per primo su nuove uscite, libri gratuiti, premi speciali e altri omaggi dell'autore.

http://vanessavaleauthor.com/v/db

OTTIENI IL TUO LIBRO GRATIS!

Iscrivetevi alla newsletter di Renee per ricevere Indomita, scene bonus gratuite e notifiche riguardo a nuove pubblicazioni!

https://subscribepage.com/reneeroseit

Sapevi che puoi acquistare direttamente da Renee Rose? Ottieni libri autografati, edizioni speciali e pacchetti a prezzi scontatissimi. Usa questo coupon per un ulteriore sconto del 10% sull'intero ordine - READER10

Oppure clicca qui -

https://shop.reneeroseromance.com/discount/ READER10

L'AUTORE VANESSA VALE

Vanessa Vale, una besteller USA Today, scrive storie d'amore seducenti con ragazzacci insolenti che non solo si innamorano, ma lo fanno di brutto. I suoi libri hanno venduto più di un milione di copie. Vive nell'America occidentale, dove trova sempre l'ispirazione per un nuovo racconto. Per quanto non sia tanto abile nell'utilizzo dei social media quanto i suoi figli, adora interagire con i lettori.

L'AUTORE RENEE ROSE

L'autrice oggi bestseller negli Stati Uniti Renee Rose ama gli eroi alfa dominanti dal linguaggio sboccato! Ha venduto oltre un milione di copie dei suoi romanzi bollenti, con variabili livelli di erotismo. I suoi libri sono comparsi su *USA Today's Happily Ever After* e *Popsugar*. Nominata *Migliore autrice erotica da Eroticon USA* nel 2013, ha vinto come autrice antologica e di fantascienza preferita dello *Spunky and Sassy*, come miglior romanzo storico sul *The Romance Reviews* e migliore coppia e autrice di fantascienza, paranormale, storica, erotica ed ageplay dello *Spanking Romance Reviews*. È entrata dieci volte nella lista di *USA Today* con varie antologie.

Iscrivetevi alla newsletter di Renee per ricevere scene bonus gratuite e notifiche riguardo a nuove pubblicazioni!

https://www.subscribepage.com/reneeroseit

 facebook.com/Autrice-Renee-Rose-101548325414563

 instagram.com/reneeroseromance

TUTTI I LIBRI DI VANESSA VALE IN LINGUA ITALIANA

Clicca qui!

o vai a:

http://vanessavaleauthor.com/v/11n

ALTRI LIBRI DI RENEE ROSE

https://reneeroseromance.com/italiano/

Wolf Ranch

Brutale

Selvaggio

Animalesco

Disumano

Feroce

Spietato

Primitivo

Poderoso

Famelico

Pericoloso

Due Segni

Indomita (gratuito)

Tentazione

Deseada

Sedotta

Gli alfa di montagna

Eroe

Ribelle

Guerriero

Alfa ribelli

Tentazione Alfa

Pericolo Alfa

Un premio per l'Alfa

Una Sfida per l'alfa

Obsession Alfa

Desiderio Alfa

Guerra Alfa

Missione Alfa

Tormento Alfa

Segreto Alfa

La Preda dell'Alfa

Il sole dell'Alfa

Sangue Alfa

La luna dell'Alfa

Giuramento Alfa

La vendetta dell'Alfa

Fuoco Alfa

Salvataggio Alfa

Ordine Alfa

Grandi orsi cattivi

Il reclamo dell'alfa

I lupi di Wall Street

Grande capo cattivo – Mezzanotte

Grande capo cattivo – Il folle della luna

Grande capo cattivo - La marchiata

Grande capo cattivo: Gli accoppiati

Grande bullo cattivo

Wolf Ridge High

Alfa Bullo

Alfa Cavaliere

Fratellastro Alfa

Re Alfa

Bastardo alfa

I peccati di Chicago

La tana dei peccati

Radicato nel peccato

Uomo d'onore

Non provocarmi

Non tentarmi

Non costringermi

Il principe del controllo

Vegas Underground

King of Diamonds

Mafia Daddy

Jack of Spades

Ace of Hearts

Joker's Wild

His Queen of Clubs

Dead Man's Hand

Wild Card

Padroni di Zandia

La sua Schiava Umana

La Sua Prigioniera Umana

L'addestramento della sua umana

La sua ribelle umana

La sua incubatrice umana

Il suo Compagno e Padrone

Cucciolo Zandiano

La sua Proprietà Umana

La loro compagna zandiana (gratuito)

Le spose zandiane

Notte degli zandiani

Comprata dagli zandiani

Dominata dagli zandiani

Luci zandiane: il romanzo della festa aliena

Trattenuta dallo zandiano

Reclamata dallo zandiano

Rubata dallo zandiano

Salvata dallo zandiano

9 781637 206850